100 veces por segundo

JONAN

100 veces por segundo

LIBROS CÚPULA

Dedicatoria

Nunca tuve que pensar a quién dedicarle este libro.
Sin duda, va por ti, porque fuiste la que empezó todo esto y, aunque estés sonriendo en otro lugar, siempre seguirás el camino conmigo. Te quiero, Carla.

Índice

Nota del autor

El proyecto de este libro se basa en hacer que tengas la sensación de estar hablando conmigo, conversando sobre la vida y distintas situaciones que a todos nos pasan mientras escuchamos unas cuantas canciones; que te sientas como en casa. Aunque eso muchas veces no se consigue ni estando en tu propia casa con tu familia. Es algo fuerte que alguien te haga sentir que estás protegido y eres libre, que no tienes ataduras. Algo que muy pocos logran hacer sentir a otras personas. Pero yo estoy seguro de que puedo conseguirlo. Algo sencillo y con un toque de filosofía. De mi filosofía de vida. No pretendo que cambies tu vida radicalmente al terminar de leer este libro, pero sí que empieces a tener otro pensamiento sobre las cosas negativas que no lo son tanto.

Prólogo

Yo también he sido adolescente y recuerdo perfectamente a qué velocidad era capaz de latir mi corazón, aquel que vibraba con cada paso que yo daba, con tanta energía, con tantas ganas de vivir, de conocer y de sentir que cada mañana era una nueva aventura, un mundo entero puesto a mis pies y que todo estaba por descubrir.

Nadie debería olvidar que todos lo hemos sentido y vivido, porque no olvidándolo, podremos ayudar más a nuestros hijos, entenderlos, poniéndonos en su piel. También nosotros sentimos muchas veces que nadie nos entendía; a veces, incluso, pensábamos que estábamos solos, que no le importábamos a nadie. Desgraciadamente la historia se repite y muchas veces nuestros hijos se sienten incomprendidos y nuestra labor como padres debe ser esa: comprenderlos y ayudarlos, pero no en lo que nosotros queramos o creamos, sino en lo que ellos creen que necesitan. No se trata de ser amigos, ellos ya tienen los suyos; se trata de que sepan que estamos ahí, a su lado, apoyándolos. Sería increíble que nos contaran algo que les ha pasado y, en vez de criticar la conducta o imponer un castigo, les dijéramos: «Lo entiendo porque a mí también me pasó». Nuestros hijos se sentirían más unidos a nosotros y sabrían que nosotros también vivimos situaciones parecidas y salimos adelante.

Cuando nos hacemos adultos y tenemos hijos, nos sentimos tan responsables de ellos que tendemos a sobreprotegerlos. Nuestro deseo de querer que todo salga bien, que sea perfecto, nos lleva a ser demasiado exigentes.

Yo he tenido tres hijos, bien distintos entre ellos. Cada uno tiene su personalidad y amo a los tres por igual. Los he dejado volar, luchar por lo que querían, me he reído con ellos de los errores cometidos, nos hemos burlado de las situaciones ridículas y nos hemos enfrentado al día a día, pero siempre siguiendo sus pautas, su propio ritmo. Ellos han decidido en cada momento qué querían hacer y cómo lo harían y yo los he apoyado, porque sabía que si lo que querían les salía bien, les haría enormemente felices, y, si no era así, les valdría para aprender. Os aseguro que no hay mejor manera de aprender que las lecciones que nos da la vida, y nosotros venimos a vivirla, con lo bueno y con lo malo. Disfrutemos de ella porque es nuestra, seamos valientes y que nada nos frene.

En definitiva, nacemos libres. Que la libertad nos haga soñar, y los sueños nos hagan creer que uno puede ser lo que quiera ser, y que nada ni nadie nos corte las alas con las que poder volar.

Cuando lo abracé por primera vez y su calor inundó mi pecho, sentí que no habría nada en el mundo que mejorara ese momento. Él me llenaría de alegrías, de risas, de felicidad y de vida, de pura vida, de días inolvidables, ratos únicos e irrepetibles. Llegaba para entregarme un millón de sentimientos y yo... lo miré y pensé: *«¿Qué haría yo por él?, ¿qué necesitaría?»*. Yo lo sabía: *«unas alas»*.

—Jajaja —rio la ignorancia.

—No te rías.

Ignorancia insistió:

—¿Pero unas alas?

—Sí, durante el tiempo que quiera estar junto a mí; lo amaré, lo mimaré, lo cuidaré, le mostraré el camino, lo escucharé, lo entenderé, y mientras tanto y sin darnos cuenta, pasado el tiempo, esas alas estarán acabadas y podrá volar adonde quiera y como quiera, porque estará preparado. Extenderá sus alas al viento y, seguro de sí mismo, volará y descubrirá otros mundos, otros cielos y llevará siempre en su pecho a la que lo ayudó a construirlas: su madre... Mi hijo... Te quiero.

Susana Wiergo, mi mamá.

▶ ***Solo dance (Acoustic mix)*** - Martin Jensen

Allá vamos

Recuerdo haberme parado a pensar en los secretos. Todos guardamos un secreto que jamás hemos contado. Algo que no queremos que la gente sepa o directamente que nos da miedo que la gente sepa. Un día me paré y les pedí si, por favor, podían contarme aquel secreto, o aquella cosa que temían contar a las personas que los rodeaban.

Cuando hablo de *ellos*, me refiero a mis amigos, ya que no me gusta la palabra *seguidores*. Creo que ya pasamos hace mucho tiempo esa barrera de seguidor/amigo. A un seguidor le puede gustar tu contenido o solamente mirar lo que haces, sin que signifique nada más. Una persona que cuenta contigo para muchas cosas, y en la cual te apoyas muchas veces, no es un seguidor: es un amigo. Quería explicarlo antes de continuar.

A lo que íbamos, yo no era nadie para destapar sus secretos ante los demás. Digamos que era la almohada de cada noche. Pero las almohadas no hablan, por desgracia, y yo sí. Yo podía escucharlos, yo podía responderles, podía ayudarlos, por lo menos, a no sentirse solos, a no sentirse extraños. Te diré que flipé muchísimo. Aluciné tanto que no sabía ni qué consejos dar. Yo sabía que todos guardábamos secretos, pero quizá los míos se quedaron muy pequeños al leer todas aquellas historias que temían ser escuchadas, pero que, a la vez, lo pedían.

No entendí muchas cosas que a todos nos pasaban. Y creo que a día de hoy pasamos obligados por ciertas situaciones para sacar algo de ellas. Así que, como no era psicólogo y jamás lo seré, porque tampoco me apetece serlo —sin quitar importancia a este trabajo tan maravilloso—, no sabía qué responder a todos aquellos mensajes. Pero me di cuenta también de que ellos no necesitaban hablar con un desconocido, sino contárselo a alguien con quien pudieran sentirse libres. Así que me arriesgué a responderles e intenté decirles lo que en mi caso haría: lo primero de todo, no entendí por qué aquella chica que acababa de llegar a España tenía que sentir miedo al rechazo por no conocer gente en la ciudad, habiendo tanta gente en ella.

Pensé que desde pequeños nos acostumbraron a vivir con miedo. Y esto lo digo completamente en serio. Me atrevo a decir que, en la mayoría de las situaciones y los lugares, cada vez que fallamos en algo nos machacan y nos dicen que lo hicimos todavía peor de cómo fue, en vez de animarnos a mejorar. Creo que mentalmente me estarás dando la razón. Tampoco creía que ese chico debía estar preocupado por haber perdido la virginidad con catorce años, ni tampoco por la posibilidad de tener una enfermedad de transmisión sexual. No habría sentido miedo si hubiera tenido una persona a quien contárselo y que no le dijera la típica frase de «*¡Dios mío, estás loco!*». Yo también pasé por eso y más adelante te contaré mi experiencia, pero en ese momento debió tranquilizarlo aquella respuesta.

A la chica morena que me escribió, con una foto sonriente en el perfil, le dije que en el mundo hay demasiados chicos y demasiadas personas, y que preocuparse por alguien que no se está preocupando por ti y que además está siendo un cabrón, no valía la pena. Y esto es algo que pasa siempre, algo típico que no debería serlo.

A medida que crezco voy aprendiendo a disfrutar con quienes tienen ganas de vivir la vida conmigo y, al contrario, no muestro interés por aquellos que no. Bueno, te seré sincero y te diré que, por lo menos, lo intento.

También le dije al que no sabe qué estudiar que primero se calmase y que no tuviera prisa por saberlo. Que las cosas bien pensadas salen mejor y que lanzarse de cabeza a un sitio sin saber dónde vas a caer, en algunas ocasiones es guay, pero en otras quizá te arrepientas —y te lo dice el que muchas veces se tira al vacío sabiendo que tendrá que construir una escalera para volver a subir—. Y al que estaba estudiando para terminarla, y está hasta los cojones de estar con los libros, que le diera caña, que le quedaba poco para saber que valió la pena.

No te creas que esto acabó aquí. Me dijo otro chico que no tenía dinero para viajar, y yo le dije que nadie se sube a una montaña sin empezar desde abajo —típica frase que nos dicen muchas veces—. Y los que pueden hacerlo así, pues vaya, habrá que ir mirándolos desde abajo hasta que subamos nosotros. Me vinieron recuerdos de cuando ahorraba cada céntimo para pedir un Blablacar que me llevase a Madrid un par de días a conocer gente nueva. Yo también te digo que la vida que tengo ahora no durará para siempre. Y quizá mi futuro trabajo no me permita viajar tanto como lo hago ahora, pero no dejaré jamás de hacerlo, aunque sea a otro ritmo.

Luego otra amiga me dijo que la estaban insultando en el colegio. Vaya, qué raro que pase esto con la educación que tenemos en algunos colegios, ¿no? Ya me vas pillando la ironía. Que aquí el que ve algo se hace el ciego y si te he visto, no me acuerdo. Pues a ella le dije que de idiotas está el mundo lleno y que si consigue pasar esta etapa lo mejor posible, llegará la buena. Yo también salí al recreo a almorzar y en la pared junto a la que me sentaba habían escrito «MARICÓN». La verdad es que me quedé con bastantes cosas que contarle, así que espero que si me está leyendo, lo sepa. Otro me sacó el tema de los tatuajes, quejándose de que sus padres no le dejaban tatuarse más. Sinceramente, no quería ni quiero ser un enemigo para los padres, pero, queridos padres, si alguno está aquí leyéndome, hablad con vuestros hijos, entended qué es lo que quieren, por qué lo quieren y por qué vosotros lo quisisteis también cuando estabais en su lugar.

Y, finalmente, para cerrar aquellas horas y marcharme a dormir, respondí el último mensaje que fue tal que así: «Oye, por favor, hazme un favor, y háztelo a ti: que le den»

• • •

Siempre pensé que vivimos para contar. No solamente para contar algo a los demás, sino para contárnoslo a nosotros mismos. Acumular recuerdos y tenerlos siempre presentes. Clavarlos en la piel de una manera o a mi manera. Antes de ponerme a escribir, hace tres años, me pregunté a mí mismo el porqué de querer plasmar todo en estas páginas. Lo primero que pensé fue que a lo mejor algún día se me olvidaría todo, y que no tendría dónde recordarme a mí mismo todos los momentos que viví. Por otra parte, también quiero que mis hijos lo lean en un futuro. Y también me decidí a hacerlo porque la mente es complicada y además, muchas veces, sin querer, la infravaloramos. Con este libro quiero que tú la potencies, que te imagines, que te crees un futuro, aunque sea irreal ahora mismo, que viajes a través de tus recuerdos y que te veas en situaciones en las que jamás te viste. Déjate llevar, ponte buena música o deja que te la ponga yo de vez en cuando. Y yo me encargaré de que cuando llegues a la última página de este libro tengas más ganas de vivir. Por último, no pretendo abrirme a ti, sino abrirte a ti. Espero que disfrutes, vamos allá.

I

Ellipsism

[Del latín] Esa tristeza provocada por no tener la capacidad de saber cómo terminará una historia.

1.

Una mudanza inesperada

Para muchos leer esto será un corto periodo, pero para mí, seguramente, una de las épocas más intensas, duras y bonitas que tendré en la vida. Al adentrarte en estas páginas, además de conocerme profundamente, te darás cuenta de que seguramente te sientas identificado con muchas situaciones, tengas ganas de salir de algunas de ellas y, en otros casos, de vivir muchas otras.

Jamás pensé que llegaría a contarte todas estas cosas porque, de hecho, creo que muy pocas las he expresado en otros sitios como voy a hacerlo en este libro: orientación sexual, independencia, amistades en el instituto, lazos familiares y el mundo de las redes sociales. Así que espero que esto sirva como ayuda a muchas personas que andan perdidas, como lo estaba yo en los momentos que viví todo lo que vas a leer y vivir conmigo a continuación.

Toma asiento y relájate, que va para largo. La verdad es que ha sido todo una locura. Siento que en algunas ocasiones me he acelerado. La gente le tiene miedo a las cosas que pasan demasiado rápido, y yo no sabría qué decirte. Te pongo en situación: no recuerdo muy bien mi infancia —creo que tenía memoria de pez—, pero sí sé que tuve una infancia feliz, con una familia muy unida, a pesar de cualquier tipo de problema económico, ya que era el único problema que podría haber.

Fui el pequeño de la familia hasta que empezaron a nacer todas mis primas y hasta que llegó mi hermana Daiana. Era un niño muy alegre y mi abuela siempre decía que era el más bueno y más cariñoso de todos. Y todavía siguen manteniendo que soy el más cariñoso de todos los jóvenes de la familia. Siempre me han chiflado los abrazos y demostrar que se deben dar más a menudo. No estoy seguro de a qué edad, más o menos a los nueve o a los diez años, recuerdo una discusión muy fuerte en casa. Yo tampoco era consciente de lo que estaba pasando y mi madre también hacía lo posible por mantenerme al margen de cualquier tipo de discusión que pudiese presenciar. Aquella discusión entre mis padres creo que fue la primera y la última que vi. Sé que a mi madre tampoco le gustan las peleas, y si las puede evitar o te las puede evitar, preferirá quitarte de en medio. Así que después de aquella discusión nos marchamos a casa de mis abuelos.

Si te soy sincero, mi padre y yo no tenemos la típica relación padre e hijo, menos desde que nos separamos y, más aún, siendo yo pequeño por aquel entonces. Aun así, es alguien muy importante en mi vida y cómo no lo voy a querer si puso su bonito y rápido espermatozoide —el *boss* de los *bosses*— de camino al increíble óvulo de la jefa, mi madre.

Creo que, ya de pequeño, desde algún momento que no recuerdo, mi cabeza tomó a mi madre por la figura paterna. Ella es luchadora, siempre quiere más, y no para ella, sino para nosotros.

Al poco tiempo de que mi madre se divorciase de mi padre y se juntase con mi otro padre, nos mudamos a una casa en la que estuvimos viviendo ocho años. Nunca me ha gustado llamarlo *padrastro*, ya que él siempre ha cuidado de mí y no es menos porque no haya estado desde el parto. Además, era y sigue siendo muy joven —tiene diez años menos que mi madre. En aquella época él tenía treinta años, y me parecía muy divertido tener a alguien con tantísima vitalidad—. Retomando la historia, esa urbanización a la que nos mudamos era todo un sueño para cualquier persona, ya tuviera cinco años o cincuenta. Pistas de pádel, dos piscinas, un club donde celebrar los cumpleaños y reunirte con familiares o amigos, y un amplio jardín por el que correr y jugar. Ya no solo eso: tenía a todos mis amigos allí, y los que no vivían dentro de la urbanización estaban a dos manzanas de distancia. Por no contar que el colegio y el instituto los tenía, sin exagerar, a tan solo 60 metros. Aquellos años, sin duda, fueron increíbles, sobre todo, en cuanto a las relaciones.

Fue cuando me enamoré por primera vez de una chica, y la primera vez que sentí algo por un chico.

Pequeños contrastes maravillosos que la vida te da para probar. Aprendí lo que eran las relaciones sexuales con hombres. Y ni más ni menos que con el vecino.

Andrés, de mi edad y colombiano —digo lo de colombiano porque los rasgos de los colombianos siempre me encantaron—. Tenía unos morros bien gorditos y una sonrisa bonita. Andrés y yo éramos amigos desde que apareció en la urbanización. Y no sé qué día la relación fue un poco más allá. Había una atracción física que nunca había sentido antes. Me fijaba mucho en sus labios cada vez que estábamos juntos, y hasta en algunas ocasiones me sentí algo extraño por estar pensando esas cosas. Tenía la sensación de que él también quería probar a besarme. Pero pensé que, si se enteraba, dejaríamos de ser amigos. ¿Qué iba a pasar si de repente le dices a tu mejor amigo que te gusta? Una de dos: o te manda a la mierda o te dice que también le gustas. Y, en este caso, pasó lo que tenía que pasar: que acabamos besándonos al tiempo. Y tampoco creas que tuvo que pasar mucho tiempo.

No puedo darte muchos detalles de cómo fue la primera vez. Solo que fue el primer beso que me di con un chico, y todavía recuerdo lo que me gustaba hacerlo. Tampoco sentí nunca obsesión por él, más allá de pasar tardes juntos como colegas, pero pudiendo besarnos en algún momento. A todo esto, mientras pasábamos muchos días juntos, con la tontería de la edad, íbamos creciendo, y las cosas iban cambiando.

Ambos tuvimos novias mientras continuábamos experimentando. Claro, pensábamos que lo que sentíamos era solo entre nosotros, y que nos seguían gustando las chicas con las que estábamos. Nuestra relación era un poco extraña, ya que no sentíamos nada más allá del simple hecho de que nos gustase besarnos y tener relaciones.

Para que te hagas una idea, cuando me preguntan por mi orientación sexual, todavía no sé qué contestar. Digo gay por decir algo y que no pregunten más. Aún no entiendo qué tengo que decir, y cada vez menos me entiendo a mí mismo todas las veces que respondí con un «gay» o «bisexual». Luego te contaré más.

Como te decía, creo que tuve una de las mejores infancias y adolescencias, basadas en equivocarme y aprender sin necesidad de tener a alguien que me diera lecciones a palos. Evidentemente, en una historia no siempre

pensamos que todo es positivo. Al parecer, todo se complicó de la noche a la mañana. Justo nuestro edificio, en comparación con los otros bloques, era el único que no tenía casas en venta, sino que eran todas de alquiler. Un día, la empresa a la que le pertenecía todo nuestro edificio decidió darnos dos opciones: comprar la casa o abandonarla. Elegir una de las dos nunca fue tan fácil, ya que el precio se disparaba, por si acaso el alquiler no lo hacía antes. La situación económica familiar era buena por aquel entonces, pero tampoco podíamos permitirnos el lujo de comprar una casa. Entre otras razones, porque también sé cómo es mi madre, y si me hubieran dado las mismas opciones, también habría querido irme. Habría pensado que era una señal que me gritaba con fuerzas que tenía que tomar otro camino. Con lo cual, solo quedaba una opción: marcharse del sitio donde había crecido y aprendido tantas cosas sobre mí mismo.

Recuerdo que mis padres estuvieron unos cuantos meses buscando nuevas urbanizaciones en los alrededores, en el plazo que nos habían dado para abandonar la casa. Finalmente, encontraron una casa mucho más normal y muchísimo más barata que la anterior. Pero para mí eso no fueron buenas noticias, todo lo contrario. El pueblo donde estaba la nueva casa estaba a veinte minutos de la ciudad en coche. Sé que no es un tiempo excesivo, pero ya no iba a tener la libertad que tenía allí, ni el instituto a pocos segundos de mi casa. Quizá me acostumbré demasiado a tenerlo todo cerca. A día de hoy sé que no todo lo bueno dura tanto, pero sí es verdad que cuando algo va mal, es porque algo bueno tiene que venir después...

• • •

FALTA DE RESPIRACIÓN...

Falta de respiración es lo que se siente cuando sabes que te escondes y que alguien puede revelar realmente lo que sientes. Que la confianza que has depositado en alguien puede irse a la mierda y que tu intimidad acabe en boca de todos. Eso es lo que yo sentía cuando veía que era el único que tomaba un camino distinto al de los demás chicos de la clase. A lo atípico, a lo que se criticaba en aquel momento en casa y en los programas de televisión. Ya sabes a lo que me refiero. Ahora entenderás lo que te decía antes: desde hace tiempo, me tomé la libertad de que cada vez que me preguntasen por

mi orientación sexual diría realmente lo que creo. Mi orientación sexual no sé cuál es. Y eso no es un problema para mí, y para ti tampoco debería serlo.

Yo soy yo y me gusta un hombre. Pero también me han gustado mujeres. Tampoco me considero bisexual, porque ahora mismo no me gustan ambos sexos. Y no soy gay por estar enamorado de un hombre. Mi vida cambia, y la tuya también. Y no me apetece encasillarme en algo que ni yo mismo sé. ¿Por qué no dejamos de preguntárselo a los demás? ¿Para qué tenerlo claro? Ten claro que eres libre, eso es lo que debes tener claro.

2.

Cambiando de rumbo

Ya instalados en la nueva casa e intentando acostumbrarme a pasar tiempo con mis amigos solo en el instituto, todo me parecía extraño. En el nuevo pueblo los primeros meses no conocía a nadie y me sentía bastante solo, esperando algún día encontrar a alguien con quien poder pasar las tardes y conocer gente nueva con la que poder salir también por allá. Nunca había experimentado la sensación del «¿cómo me levantaré al día siguiente?, ¿tendré buena suerte o no?».

Todas las mañanas tenía que viajar en tren para ir a clase, ya que seguía estudiando en el instituto que estaba cerca de la antigua casa. Aquello no me era muy agradable y, además, soy de esas personas a las que se les pegan las sábanas demasiado, por no decir que me comen, directamente. Si a eso le sumamos que tenía que viajar una hora en tren para entrar en clase, pues ya te puedes imaginar. A pesar de eso, nunca tuve grandes problemas en el instituto. Reconozco que siempre he sido un pequeño cabroncillo —desde primero de la ESO, con los profesores que no eran agradables conmigo—. Pensaba que todas las personas eran simpáticas, pero más tarde comprendí que para un profesor, meterse a las ocho de la mañana a dar clases con niños que no callan ni dos minutos, pues no era muy agradable. Siempre he sido una persona que daba mucho sin pedirlo, y sabía trabajar bien, pero como ya he dicho antes, era un poco —bastante— vago en los estudios. Por lo demás, siempre tuve una conexión muy grande con los profesores, es más, sigo muy conectado con algunos de ellos. Siempre tuve una alarma que me avisaba de las mujeres que tenía a mi alrededor, aquellas que me recordaban a mi madre, en las que veía una figura materna, una protección. Sin duda, una de aquellas profesoras, Teresa, fue la que no solo me enseñó literatura, sino que me enseñó las cosas fundamentales de la vida: aprender a detectar lo positivo y lo negativo que tenemos a nuestro alrededor. Y no solamente eso, también a ser listo y astuto. A Teresa no le hacía falta levantar el tono de voz jamás, de hecho, cuanto más lo bajaba, más segura de sí misma estaba. Más te convencía. Y es que hay algunas personas que nacen con el don de transmitirte las sensaciones por las que pasaron. Y también hay personas como ella, a las que no les hace falta hablar mucho porque con la mirada ya te están transmitiendo lo que te quieren decir. Veía la palabra *confianza* en sus ojos y, sin ir más lejos, fue de las primeras personas con las que decidí contar desde pequeño, para hablar tanto de temas del propio instituto como de dudas internas respecto a mi sexualidad. Me ayudó muchísimo a sentirme libre y a contarlo a las personas que lo aceptarían. A no contar mi vida a los que fueran a lanzarme negatividad. Me hizo tener siempre los pies en el suelo, y si en algún momento mi ego subía, me decía las cosas bien claras y me daba a entender que estaba siguiendo un buen camino, pero que no debía cagarla y desviarme. Al igual que yo, mis amigas contaban con ella para cualquier tipo de problema que tuvieran miedo de contar a sus padres. Buscábamos cualquier hueco del recreo o de hora libre para ir a hablar con ella y que nos ayudara a solucionar algunas cosas. Podemos decir que tuvimos una gran suerte de poder contar con ella en nuestra adolescencia, y de seguir haciéndolo a día de hoy. Sé que nunca se irá de mi vida, y que sabe que yo estaré ahí y que ella siempre estará para mí. La vida es muy sabia, y más sabias las personas que nos ponen la realidad de la vida en nuestras narices. Así fue como aprendimos.

Me enseñó las cosas fundamentales de la vida: **aprender a detectar lo positivo y lo negativo que tenemos a nuestro alrededor.**

Una mañana, de camino al metro, pasé por delante del instituto del pueblo y me pregunté por qué no hacer el traslado de instituto. Se me iluminó una bombillita —que no sé hasta qué nivel de encendida estaba—, ya que seguro que así conocería gente nueva y me familiarizaría más con la gente de allí. Estuve varias semanas pensándolo, hasta que un día le dije a mi madre que pediría el cambio para los próximos días. Por aquel entonces yo ya estaba en el tercer trimestre de 4º de la ESO, y cambiarse de instituto a esas alturas era una caída en picado seguro. Eso suponía que las demás personas iban con meses de ventaja, ya no solamente de estudios, que no era exactamente lo que me preocupaba, sino en cuanto a conocerse entre ellos y formar los típicos grupitos que hay dentro de los colegios. Estaba solo, pero confiaba en que todo iría genial, pues comenzaría una nueva vida con gente distinta. Nunca tuve problemas para empezar desde cero ni conocer gente nueva, de hecho, siempre me he considerado una persona con facilidad para relacionarse.

No sé si a veces los caminos que escogemos son los correctos o no, solamente sé que todos los caminos te dan una lección, sean buenos o malos. Así que decidí hacer el cambio a los cuatro días de hablar con mi madre.
No había cambiado de colegio en mi vida y, por lo que me habían podido contar amigas en las redes sociales, eran más las anécdotas negativas que las positivas. Normalmente, el cambio suele ser positivo cuando en tu anterior instituto no te trataban bien y cambiabas a mejor, pero, en mi caso, ya estaba bien en el otro instituto. Así que, bueno, había que arriesgarse... Aquella decisión no fue nada fácil, pero tampoco quise pensármela mucho. No tenía nada que perder, solo ganaba la comodidad de estudiar más cerca, aunque quizá la comodidad que quise se pudo convertir en mañanas de no querer levantarme de la cama, y no por sueño.

Se me hace raro pensar en cómo ese día, a las ocho de la mañana, agarré la mochila y fui a mi primer día de clase.
No sabía dónde me estaba metiendo; me sentía más inseguro que nunca, acojonado, vaya.

Caminaba por la calle con unos cuantos grupitos de amigos por delante y con otro grupito de amigos por detrás —amigos entre ellos, no míos—. Yo más solo que la una, por si todavía no me has puesto en situación. Creo que la sensación de ser distinto y de ser la única persona no conocida entre todos es de las peores que hay. Te sientes cual pollito fuera del corral. La gente me miraba y comentaba, hablaban de mí, cuchicheaban a cada movimiento que yo hacía. ¿Por qué nadie se acercaba a decirme «hola»? ¿Por qué no empatizaron? Tenía ganas de llorar, de verdad. Sonó el timbre y me tocó dirigirme a la clase sin saber ni dónde estaba. Di un par de vueltas por los dos pisos del instituto, hasta que decidí preguntar en secretaría cuál era mi clase y si podían acompañarme. Me acompañaron y creo que habría preferido que lo hicieran, pero de vuelta al portal de mi casa. Entré en clase y vi cómo volvían a cuchichear, mientras el profesor los mandaba callar. Tuve que hacer la típica presentación que el profesor pide —más bien, obliga— para explicar quién eres a los compañeros. No entendí muy bien cuánto de necesaria era aquella presentación si a todos se la sudaba quién era yo —o, por lo menos, eso pensaba—.

Aquel día no fue nada guay, me sentía tan desubicado que no sabía si debía recoger las cosas y volverme al anterior instituto. Pasaron las primeras clases, y los cuchicheos seguían por los pasillos a medida que iba cambiando de aula. Desde luego, en estas situaciones o te aceptan o te apartan. Nunca había sentido ese vacío al volver a casa. Pero aquello, precisamente, me hizo pensar mucho durante unos cuantos días en bucle. Yo estaba ahí por algo, había tomado aquella decisión por algo y, aunque tenía muchísimas ganas de llorar, sabía que sería porque algo estaba a punto de suceder...

▶ **3:00 a. m. *The night we met*** - Lord Huron

UNA DE AQUELLAS NOCHES...

Era una de aquellas noches en las que no consigues cerrar los ojos y relajarte. En las que hasta la más mínima mierda se te hace un mundo. De esas noches en las que no quieres molestar a nadie con tus rayadas y en las que, al final, acabas horas y horas hablando contigo mismo. Sentí como alguien dentro de mí intentaba animarme.

—¡Hola, Jonan! Es un poco tarde, pero no paras de dar vueltas en la cama, buscando algo que consiga evadirte un poco de esto. Recuerda que siempre nos tenemos el uno al otro.

—Pues quizá a ti te apetezca escucharme. A nadie le apetece últimamente y no entiendo por qué. A pesar de sentirme más solo cada vez, la gente cree que ando todo el día acompañado. Y, bueno, para ser sinceros, creo que hasta yo mismo he llegado a creérmelo. Sé que crees que estaba solo en ese sitio porque me apetecía desconectar. Y, en parte, tienes razón, porque no se puede desconectar si la persona que está a tu lado no tiene la capacidad de hacerte fluir sin necesidad de hacer que te vayas de aquí por tu cuenta, de evadirte. Ya sabes, alguien que te calle la mente y que haga hablar a tu lado sensitivo. Se piensan que voy de aquí para allá sin parar, que estoy a tope, aunque quizá debería ser sincero y decirte que llevo unos días (me atrevería a decir meses), bajo de batería.

»No sé dónde está el mejor camino ahora mismo y tampoco sé si debería empezar a buscar otro nuevo. A lo mejor me llamas tonto, pero tengo la sensación de

haberme saltado ya unos cuantos caminos abiertos. Con luces luminosas que decían «debes pasar por aquí». Decidí seguir adelante, queriendo ver si sería lo correcto. Y ahora estoy esperando a ver qué pasa. De momento, también he visto pasar unas cuantas «libertades» y unas cuantas «experiencias» que, como yo las llamo aquí, son pequeños destinos. Porque no creo que haya un destino, sino muchos pequeños destinos con los que vas creando uno más grande. Como te decía, aquí a las libertades se las llama también «correcaminos». Y es que, como bien dice su propio apodo, corren, y mucho. Si no las atrapas a tiempo, te costará volver a llegar a ellas. No creas por eso que nunca más las vuelves a ver. También se cansan y necesitan alimentarse de ti. Por otra parte, tenemos las experiencias: estas son un poco locas y nunca sabes si lo serán demasiado. Nunca son negativas, pero a veces sí un poco traviesas. Lo bueno es que, al fin y al cabo, siempre sacas algo muy positivo de ellas.
»Oye, a lo mejor piensas que se me está yendo la olla. Pero creo que tú me entiendes, al fin y al cabo, estoy hablando conmigo mismo, y tú sabes más de lo que yo quiero hacerte creer. A todos nos gusta autoengañarnos de vez en cuando, ¿no? Lo que quería decirte, es decir, decirme, es que conozco mucha gente, pero no tengo amigos. Y siempre dije que hay veces que escuchar los consejos de las personas no es bueno. Porque nadie sabe realmente lo que piensa tu mente. Y sigo pensándolo. Pero contradiciéndome un poco, ya que puedo permitírmelo, como siempre hago, a veces es necesario tener a alguien que sepa no escucharte, sino empujarte. Ahora mismo no sé quién me empuja hacia arriba. Porque hacia abajo me intentan empujar todos los días.»

Y, como otra noche más, me dormí.

3.

Tenía que enamorarme

Que no se nos olvide Andrés. Él y yo fuimos dejando de tener la relación de antes al haberme marchado de donde vivíamos. Muchas veces me pregunté si quizá en algún momento podríamos haber llegado a ser novios, y me parecía raro que la relación que teníamos de amigos se estuviera diluyendo. Y así fue. Él creo que siguió con una chica y luego conoció a otro chico con el cual estuvo un tiempo saliendo. No volví a saber mucho de él, pero cada vez que nos veíamos seguía existiendo esa pequeña atracción sexual, o por lo menos por mi parte. Ahora me parece curioso que viviera tantas cosas por primera vez con una persona y que a día de hoy seamos simples desconocidos. Pero si no era él con quien tenía que vivir la siguiente experiencia, sería por algo...

De ahí en adelante mis fines de semana eran para cambiar el bucle de todos los días. Los viernes agarraba la mochila —siempre voy con la mochila a todos lados, porque para mí es como una extensión más de mi cuerpo; me siento protegido y cómodo llevándola— y me marchaba al centro. Había conocido a unas cuantas personas por Twitter que me invitaban a ir con ellas a la estación de tren del centro de Valencia. No me preguntéis por qué, pero era el sitio de encuentro para todos ellos. Era un poco raro, porque todos los que estaban allí se habían conocido gracias a internet.

Pero si no era él con quien tenía que vivir la siguiente experiencia, sería por algo...

Saqué la conclusión de que todos habíamos pasado por situaciones similares con amistades anteriores, y por eso mismo la mayoría se habían conocido por redes sociales. Las redes sociales no son tan malas como las pintan, evidentemente, tienen sus cosas negati-

vas y hay que saber utilizarlas, pero también tiene cosas muy buenas para muchos de nosotros.

La gente no te juzga de primeras por un mensaje de internet, y si lo hacen, no tienen razón porque no te conocen. Puedes abrirte o cerrarte a alguien con tan solo un teclado, y tú decides si tener confianza en la persona o no. Por esto mismo, todos coincidíamos en muchísimas historias. Así que, como te decía, me marchaba todos los fines de semana a conocer gente. Me di cuenta de que todos hablaban de cualquier tema abiertamente y, sobre todo, de los gustos sexuales de cada uno. Era algo inusual para mí, porque nunca había visto a gente de mi edad hablando sobre temas de sexualidad con los demás. No tenían ningún tipo de prejuicio ni de vergüenza —y no es que debieran tenerlo, pero ya me entiendes, nunca lo había experimentado—.

Durante aquellas semanas, cada vez que volvía a casa me hacía una pregunta distinta: *«¿Por qué la mayoría de los jóvenes no habla así de los temas?, ¿por qué la mayoría juzga sin conocerte?, ¿por qué tendemos a decir lo que quieren oír los demás, antes que pensar en nosotros mismos y decir lo que queremos, sin importarnos lo que opinen otros?».* Este era el tipo de preguntas que me hacía cada domingo. Estaba descubriendo un mundo y, sin duda, iba a descubrirlo más pronto de lo que me esperaba.

Otro sábado del mes no iba a ser un sábado como los demás. Estábamos todos juntos, los de siempre, cuando, de repente, Sully, uno de mis amigos, apareció con otro chico al que yo no conocía. O eso pensaba. Pues resulta que lo había visto alguna vez por fotos de Twitter. Aunque nunca le había escrito, ni siquiera se me pasó por la cabeza. En persona desprendía un olor familiar, otra de estas personas que se cruzan en tu vida, pero tienes la sensación de haberlas abrazado antes. Hay muy pocas personas así. Y si has conocido a muchas que te daban esa sensación desde antes, ¡vaya suerte tienes!

No es que solamente desprendiese un olor familiar, sino que tenía una pizca de chulería que me picaba la curiosidad. La típica persona con la que sabes que no te vas a llevar bien, pero que aun así te llama la atención. Tenía una mirada penetrante y cara de analizar cualquier tipo de cosa que pasase. Me inquietaba hasta tal punto que no sabía si hablar o contestarle, por si la cagaba. Nunca me había fijado en una persona de mi mismo sexo de esa manera, aunque es verdad que sentía atracción por algunos chicos, pero yo en aquel momento seguía queriendo estar con chicas.

Qué sensación tan bonita y cabrona. Me estaban incitando a enamorarme.

4.

Puntos de apoyo y puntos martillo

Las redes sociales seguían siendo mi primer punto de apoyo y, además, se convirtieron en una de las cosas con las que más me entretenía. Me pasaba horas y horas por las noches hablando con personas que no conocía de nada, pero que, sin embargo, sabía que las podría conocer en algún momento. Mis padres me regañaban porque se pensaban que algún día *«se me pondría la cara cuadrada o me quedaría hipermétrope»*. Y así fue, la cara todavía no la tengo cuadrada, pero sí, soy hipermétrope.

Una de esas noches que usaba el móvil para pasar el rato, decidí empezar a subir tonterías, tales como fotos haciendo el tonto en la bañera o vídeos imitando a cantantes con voz de pitufo. Compartirlo por Twitter era como estar hablando en persona con cincuenta personas que se reían conmigo.

A medida que seguía haciendo el tonto, más gente me iba siguiendo y siguiendo. Por aquel entonces, tener diez favoritos en un tuit era un logro, significaba que había mucha gente interesada por lo que hacías. ¡Recuerdo que cada semana conseguía 3.000, 4.000, 10.000 seguidores! En cuestión de meses, superé los 50.000 seguidores. No daba crédito a que tanta gente estuviera interesada en saber cómo estaba. Poca gente antes lo había estado. Pasar el rato con el móvil era la puerta para desconectar de la gente negativa que me

rodeaba y pasar a un nuevo sitio en el que me sentía acogido. Ya conocía mis puntos de apoyo, que eran todas las personas que me rodeaban al otro lado de la pantalla. ¿Pero y los *«puntos martillo»*? Así los apodé yo.

Todos tenemos martillos en nuestra vida, esos que intentan tirar abajo todo lo que hemos conseguido. Y me tocaba empezar a conocerlos y a darme cuenta de que no todo era tan guay. ¿Dónde? Ahora lo verás.

En el nuevo instituto.

Conocí un grupo de chicos y chicas con los que me sentía como en mi otro grupo de amigos de toda la vida. Me acogieron muy bien, pero creo que jamás llegué a encajar del todo, excepto con uno de ellos, con quien me sentaba en clase y me lo pasaba pipa. Todo iba genial, había conseguido *«encajar»* en un grupo y tendría con quién hablar y salir por las tardes. Tampoco me podía creer que las cosas fueran tan bien.

Me da miedo cuando todo va demasiado bien, porque eso muchas veces quiere decir que en algún momento dejará de ser así.

Cuando conseguí adaptarme un poco a la nueva vida en el pueblo, algunos chavales descubrieron que tenía redes sociales, y ya no solo redes sociales, sino que tenía una atención por redes de la que ellos no gozaban.

Uno de esos días que vas andando por los pasillos del instituto y de repente oyes *«maricón»*. Algo muy normal. Otro de esos días que vas por el patio a la hora del almuerzo y te gritan *«famosillo»*. Te nombro dos de los *«adjetivos»* que me pusieron porque jamás entenderé qué tipo de palabras son esas para apodar a alguien que en primer lugar, nunca te ha hecho nada y, en segundo, que jamás ha mantenido una conversación contigo. Por desgracia, es probable que tú también te hayas encontrado en esta situación. Creo que mucha gente viene a la vida solamente para estorbar a otras personas. Es otra cosa que jamás entenderé.

De nuevo, cada día que iba a clase, se me iba haciendo una bola más y más grande, llena de pocas ganas de levantarme cada mañana para ver la cara de algunas personas. La única salida para despejarme sin necesidad de utilizar las redes sociales era o contarlo a mi familia, a mis amigos de siempre, o al nuevo grupo de amigos. Y, chicos, nunca he sido una persona a la que le guste abrirse y contar sus penas; lo cual es un grave error que cometemos muchos.

Ahí quizá entendía por qué me gustaba tanto escribirlo a través de un teclado. Por desgracia —y no quiero generalizar—, en la educación escolar de muchos sitios todavía no se enseñaba a los adolescentes los valores básicos, como ser educados y respetuosos con los demás. Muchos profesores evitan meterse en asuntos graves que para ellos solamente son *«cosas de niños»* o, directamente, para que no les salpique la mierda.

¿Qué podía hacer en esa situación si parecía que aquella montaña rusa en la que por fin había conseguido subir volvía a bajar en picado sin emoción alguna?

• • •

SI TE PARAS A PENSAR...

Si te paras a pensar un momento en la cantidad de veces que las personas se comparan con otras, o la de veces que te han comparado a ti con otra persona por el simple hecho de que haya alguien muy bueno en cualquier otra cosa, jamás conseguirás hacer un recuento de todas. Ya sea en el trabajo, en el ocio, en el colegio... Siempre siempre han intentado compararte, para así hacer o intentar conseguir que superes a la otra persona en algo. Ahora, para un momento aquí conmigo y hablemos. ¿Sabes —y si no te lo digo yo— que nadie debería compararte con otras personas? En todo caso, se te debería comparar contigo mismo respecto al día anterior. ¿No seríamos así mucho más exactos y enseñaríamos a los que nos rodean, y a nosotros mismos, a mejorar? Con esa persona que sabía menos que hoy y que sabe menos que mañana. Estoy seguro de que todos los días aprendes algo, apuesto lo que sea. Y, seguramente, estés preguntándote qué aprendiste. Aunuque sin encontrar qué fue lo que te hizo aprender algo ayer o anteayer. ¡Eso ya no es cosa mía! Tampoco soy adivino de lo que te pasó ayer o de lo que te ha pasado hoy mientras lees esto. Pero sí sé que para saber lo que has aprendido, primero debes aprender a vivirlo todo con la mejor perspectiva de la vida. La perspectiva del colibrí. Como te iba diciendo, solo quería que te dieras cuenta, a partir de hoy, de todas las cosas que te pasan a lo largo de un día, porque estoy seguro de que desaparecerán muchas cosas negativas o que conseguirás convertirlas en algo positivo.

Y con esto nos vamos a que cada día nos levantamos y aprendemos cosas, y que también muchas personas, muchas veces, nos limitamos a ver cómo pasan las horas. Por suerte, conseguí liberarme de ese momento, aunque no voy a negarte que de vez en cuando está guay pararse a mirar cómo pasa el tiempo y saber que estás vivo, que sigues teniendo la oportunidad de poder apreciar todo esto. En vez de tantas comparaciones —y esto también te lo digo a ti porque es culpa tuya, y mía por no habértelo dicho antes—, empieza por comparar tus actitudes con las de otros días y con las de otros meses, y te darás cuenta de lo que puedes llegar a progresar. Creo que no eres consciente. Pero en el momento en el que lo seas, ninguna de esas personas podrá ser mejor que tú, solo tú podrás ser mejor que tu «yo». Porque nada es comparable. Y tú, menos.

II

Eutheromania

[Del griego] Intenso e irresistible deseo de libertad.

1.

Siguiendo mi instinto

Estaba muy ilusionado pensando que tal vez podría llegar a tener algo con él y no solo unas palabras cada vez que nos saludábamos.

Seguíamos viéndonos muchas tardes todas las semanas, pero siempre acompañados. Su pasotismo hacia mí hacía que tuviera más ganas de seguir luchando por tener algo.

A las pocas tardes de seguir viéndonos, empezamos a hablar por WhatsApp, pero él era un chico muy reservado y era muy difícil mantener una conversación seguida. Cuanto más lo conocía, más palabras conseguía sacarle, y lograba que confiara más en mí. Me estaba enganchando a estar conectado todo el rato para ver si me había contestado.

Estuvimos más de cinco meses quedando por las tardes y todo iba a más. Literalmente tardamos esos cinco meses en darnos los primeros besos. Así que ya ni te imaginas lo que tardamos en mantener nuestras primeras relaciones sexuales. Yo no tenía ningún problema en esperar a que Toni ganara más confianza y se le quitara la vergüenza. Nuestra mayor preocupación era no tener una casa en la que poder tener nuestra intimidad. Un pequeño nidito de amor en el que pudiéramos perder la virginidad tranquilamente. Así que, ¿qué hacíamos durante todo ese tiempo en el que la tensión sexual se percibía, pero no teníamos ningún lugar para disfrutarla? Pues acabábamos en los portales de los edificios. Qué incómodo, señor. Pero qué morbo. Pasamos de los portales, a los baños de los centros comerciales. Y así, en una constante pirámide de lugares cada vez con más privacidad. Me estoy dando cuenta al contar esto, de que nuestra preocupación principal no era tener un sitio en el que follar. Era seguir juntos a pesar de

la cantidad de problemas que teníamos, tanto por la distancia, como por los problemas de aceptación por parte de la familia. Así estuvimos ocho meses, sin dormir juntos, marchándonos a casa a las diez de la noche, como máximo. Yo ya directamente no sabía cómo podía estar tan pillado por una persona. Imagino que el hecho de ser la primera persona con la que sentía algo fuera de lo normal —y no me refiero a mi orientación sexual, sino a sentimientos hacia una persona—, hacía que todavía fuera más especial.

Todo para mí era muy raro, ya que ni mi familia ni mis amigos sabían mi condición sexual. Recuerdo que tenía mucho miedo por el simple hecho de que alguien pudiera enterarse de que estaba con un chico, y hacía todo lo que podía para ocultarlo.

Siempre me fijaba, yendo por la calle, si había alguien que me conociera. Nunca mostraba gestos de cariño hacia él en público y nunca hablaba de esto con muchas personas.

Además, la situación familiar de Toni también me hacía pensar que seguramente la reacción de mi familia podía ser similar, ¡pero nada que ver! Y te explico el porqué, comparando las situaciones familiares, para que me entiendas: la familia de Toni era de una religión que no permitía las relaciones sexuales entre personas del mismo sexo. A pesar de eso, sus padres sabían que era gay, pero jamás se enteraron de que estaba conmigo. Si ya lo martirizaban sin saber que mantenía una relación, imagínate cómo habría sido si se hubieran enterado. Por el contrario, mi familia jamás lanzó ningún comentario homófobo y, aunque ahí todavía no tenían ni idea de lo que estaba pasando en mi vida, mi instinto me decía que lo aceptarían.

Pese a todo, nada de esto supuso un inconveniente para que siguiéramos disfrutando el uno del otro.

Para mí era mi novio, mi amigo y alguien de mi familia.

Contábamos el uno con el otro para hablar de nuestros problemas y de nuestras alegrías.

Si te soy sincero, ha pasado ya un tiempo de eso y sigo echándolo de menos, ya que era la única persona que podía hacerme pasar de estar de mal humor a sonreír como un tonto. Seguramente no lo echo de menos a él, sino a la figura de novio que tenía. Todavía no te contaré qué ocurrió para que pasáramos de estar juntos a echarlo de menos, solo te aconsejaré que nunca te quedes quieto en un sitio por una persona, jamás te ates a alguien; que se mueva contigo y, si no, que se mueva a otro sitio por ella misma, al igual que tú lo quisiste.

• • •

RECUERDO UN DÍA...

Recuerdo un día —un día cualquiera, no te vayas a pensar tú que te voy a hablar de un día muy emblemático de mis dieciocho años—, en el que iba sentado en el metro. Con mi madre al lado. A punto de llegar al centro, y este no es que sea un dato muy importante porque de lo siguiente que te voy a hablar es de las paradas de metro y de las escaleras mecánicas que hay en todas las estaciones. Y nunca mejor dicho. Te lo digo porque si después de leer el final, vuelves a releer lo que te acabo de decir, lo entenderás todo con una parte más filosófica desde el principio. Bueno, al grano. Mientras salíamos del vagón, recuerdo lo que mi mente pensaba casi las 24 horas del día a lo largo del año. Todos los años la misma historia. Siempre tuve una obsesión con por qué la gente actuaba de la misma manera que las demás personas en las estaciones en aquella parada de metro. Y te hablo concretamente de esta parada porque me parecía curioso que habiendo dos escaleras mecánicas de subida, separadas por milímetros, la gente cogiera siempre el mismo lado para subir. Dejando casi vacío el otro. Y digo casi, porque ahí estaba yo, observando y a la vez algo alucinado, de ver que eran contadas las personas que hacían el increíble trabajo de dar un paso más hacia la escalera menos ocupada, para avanzar más y llegar hasta arriba antes que los demás. No lo entendía. Lo siento, pero mi cabeza no lo entendía.

No llegaba a entender cómo la mayoría de gente prefería elegir un camino con más gente, a escoger exactamente el mismo camino, pero con menos personas, por el que llegarías antes, obviamente.

Fue curiosa la manera en la que mi cabeza ordenó aquella situación tan surrealista y la transformó en algo que a mí me pareció guay. Las personas por naturaleza nacemos con un tic, el tic al que yo decidí llamar «nomegustanada». Este famoso y conocido tic se basa en irnos directamente por el camino en el que vemos muchas personas, y lo primero que deberíamos hacer para deshacernos de este tic es fijarnos más. No debemos mirar a la persona que tenemos delante, sino a lo que rodea a esta persona. Y tampoco me vale que vayas mirando el móvil, tía. En serio, hazme caso. Esto se aplica a absolutamente todas las cosas que vivimos. Siempre habrá dos caminos, o tres, o cuatro, infinitos caminos, quién sabe. Y debes saber que, a día de hoy, gran parte coge siempre el camino por el que andan la mayoría. Y la razón por la que suelen elegir este camino es costumbre, es miedo, también, es asegurarse de que quizá al tener a otros delante de ti, sabes que si te matas tú por la elección, sabrás que no morirás solo, que habrá cuarenta primero. Y de lo contrario, siendo observador y arriesgándote, eligiendo el camino que tú solo viste, sabrás que si te estampas, por lo menos, hiciste un camino que los demás ni vieron. Y que fue tuyo. Y de nadie más.

2.

Unas alas para poder volar

La montaña rusa parecía que volvía a subir, pero sentía que algunos raíles estaban oxidados y que el vagón no conseguía arrancar del todo.

Una tarde volví del instituto y empecé a llorar como un niño, y eso que soy una persona que nunca derrama lágrimas, no por nada, sino porque nunca me sale llorar. Pues te aseguro que fue un alivio enorme quitarme tantas cosas de encima, pararme y decirme a mí mismo:

«¿Vale la pena estar mal por cuatro idiotas que solamente quieren hacer que caigas? Tú tienes algo, un potencial, del que ellos carecen.»

Quizá suena algo arrogante, pero es que si no te animas a ti mismo en momentos en los que no quieres o no puedes contar con nadie, ¿quién va a hacerlo si no?

Esa tarde me planteé el volverme a la antigua zona donde vivíamos, pero cómo hacerlo sin que mis padres se volviesen conmigo. Tampoco era tan difícil. Tan solo tenía que pensarlo todo, planteármelo y hacerlo. Muchas veces vemos las cosas demasiado lejos porque estamos cegados en ese momento.

Hablé con mi madre y le dije que quería buscarme un piso de estudiantes. La respuesta de mi madre fue clara: búscate una habitación barata y, si te apetece, hazlo. Seguramente, te sorprenderá la respuesta, ya que no es normal que una persona con dieciséis años se marche y su madre le dé permiso para hacerlo. Tampoco pretendía

marcharme a muchos kilómetros de aquel sitio, pero sí que significaba ser independiente y no tener a mis padres siempre encima para decirme qué debía hacer y cómo debía hacerlo para que algunas cosas salieran bien. Mi madre no es tonta y, sin yo decirle nada, ella sabía perfectamente que no estaba a gusto allí. Y que yo era lo suficientemente espabilado y listo como para apañármelas solito; esto es, aprender de cada vez que me cayese sin la ayuda de nadie.

Estuve unos días mirando habitaciones en ese barrio, pero pasó algo todavía más divertido. Hablando con mi mejor amiga, Raquel, vecina mía en aquel edificio de la urbanización, a la cual también echaron junto con su madre, Mari Carmen, me preguntó que por qué no me iba con ellas dos, si tenían una habitación de sobra para mí. En la vida me esperaba que su madre estuviera de acuerdo con aquella propuesta que le hicimos Raquel y yo, pero así fue. A la semana estaba haciendo la maleta para irme a casa de mi mejor amiga con su madre. Toda una locura.

Me costó acostumbrarme a estar sin mis padres y sin mis hermanas, y pensaba mucho si habría hecho bien yéndome o si habría sido una cagada. Al fin y al cabo, mis padres estarían ahí de todos modos, pero yo sabía que, si salía de casa, no querría volver a entrar, porque me gusta ser independiente.

Mari Carmen jamás me pidió nada a cambio por estar con ellas. Ella estaba también muy a gusto conmigo, al igual que Raquel, a pesar de nuestras discusiones, porque a las pocas semanas pasamos de tener una relación de amigos a tener una relación de hermanos. Y eso quería decir que habría discusiones más sentimentales que las que hay entre amigos.

El hecho de estar fuera de casa hacía que me sintiese mucho más libre, pero no me bastaba, porque tan solo iba a clase y el resto del tiempo lo invertía en estar con amigos o enganchado al móvil. Así que, por las tardes empecé a trabajar de camarero en un restaurante familiar; entre semana servía en los cumpleaños de los niños pequeños, y los sábados y los domingos por la mañana servía en la terraza. Eso sí era ser una persona trabajadora, y hacía que me sintiese satisfecho cada noche cuando me acostaba. Por fin había conseguido dejar de pensar en personas tontas e invertir mi tiempo en ir al instituto, trabajar y estar con mi novio.

Seguramente, fue uno de los mejores caminos que he tomado en mi vida. Al fin y al cabo, todo sirve de aprendizaje; y si hubiera salido mal, no me habría quedado con el *«¿por qué no lo intenté?»*.

• • •

¿NO TE PASA QUE...?

Dos días antes de marcharme, a los dieciséis años.

¿No te pasa que muchas veces quieres explicar cómo te sientes, pero es tanto lo que llevas dentro contenido que es difícil de decir o de explicar? Obvio que sí. A todos nos pasa. Y a mí, últimamente, también me ha pasado.

No sé a dónde vamos y, de hecho, no sabemos en qué repercutirá en nuestro futuro lo que estamos haciendo ahora mismo. Y es algo que me pregunto siempre.

Pero el otro día leí algo, y es que deberíamos dejar de pensar en lo que nos va a suceder en el futuro y centrarnos verdaderamente en lo que estamos haciendo ahora mismo, en este momento. Porque eso será lo que nos hará ser felices en un futuro que no existe. ¿Lo ves? Ya me estoy liando y no sé si me explico. ¿Me sigues? Vale, menos mal.

La cosa que quería contarte es que, en mi vida, me guío por instintos y por venazos, como dirían en mi barrio. Seguramente lo sepas y, seguramente, ni me conozcas y ni te lo preguntes. Hace un tiempo que decidí probar. A día de hoy, sigo sin saber si fue la mejor opción, sabiendo que no tengo ni idea de qué habría pasado si me hubiera quedado allí. Quizá algo mejor, quizá algo peor. De lo único que estoy seguro es de que debo seguir haciéndolo todo así, según mi cuerpo y mi mente se vayan sintiendo en cada lugar.

Hace ya un tiempo que me notaba estancado y muchos días pensaba que no volvería a producirse un clic que de repente me volviera a hacer cambiar o, directamente, volver a tener el pensamiento que tenía siempre. Y a lo mejor te estás preguntando cuál es mi pensamiento respecto a este tema. O a lo mejor no, pero te lo cuento porque eres mi amiga, y los amigos se tienen que aguantar de vez en cuando. Creo que la vida está hecha para moverse constantemente, sin quedarte parado en el mismo sitio, ¿sabes? Estar en continuo movimiento. Solo quería decirte que no pares de imaginar, que sueñes con lo que te gusta y sigas con ello adelante, que yo voy a estar apoyándote. Y sé que tú vas a estar ahí conmigo. Me marcho de aquí, no muy lejos, pero sí para vivir cosas nuevas. Y cosas que vivirás conmigo.

3.

Esta ciudad **se me queda** pequeña

Siempre viví en Valencia, nací en el barrio del Carmen y luego nos fuimos cambiando de casa por diferentes zonas. Viajaba muy poco, es más, el viaje más largo que hice hasta los dieciséis años fue a Sevilla. Desconocía todo lo demás, las grandes ciudades como Barcelona o Madrid, la gente de otras zonas... todo, absolutamente todo. No tengo ningún recuerdo de mi adolescencia en el que dijera: *«De mayor viviré fuera de España»* o *«tengo muchas ganas de viajar»*. Me daba absolutamente igual.

Pero, obviamente, todo tenía que cambiar en algún momento. Yo ya estaba trabajando y a punto de terminar el último año de estudios en el instituto, porque tenía muy claro que no quería hacer Bachillerato. En aquel momento quería hacer un curso de veterinario. Pero no te creas que estaba muy convencido de ello. De hecho, no sabía ni con qué dinero podía pagarme los estudios.

Estar viviendo en casa de mi amiga, yendo a clase con ella, trabajando las tardes que podía y sacándome unas pelas, y en los ratos libres estar con mi novio, era muy guay, pero toda monotonía acaba cansando; y yo me veía cada vez menos libre con esa monotonía, a pesar de que tuviera la vida que todo adolescente querría. Quería ir más allá, cambiar de amigos, conocer gente nueva, otra ciudad que me abriese otras puertas, cambiar la monotonía por otra más atrevida.

¿Qué iba a hacer? Valencia se me estaba quedando pequeña y ya no todo era tan guay. El curso terminaba, el verano llegaba y había que tomar una decisión si no quería seguir con esa vida el próximo septiembre. Era obvio que no iba a pasar toda la vida con mi amiga y que quería trabajar de otra cosa que no fuera servir platos y bebidas. Ser camarero es muy guay —de hecho, soy un crac llevando la bandeja, para qué engañarnos—, pero por desgracia tienes que aguantar las caras y las frases de algunas personas estúpidas, cosa que pasa en muchos oficios. No es que tuviera muchas ganas de estudiar una carrera, lo veía una pérdida de tiempo, ya que ni tenía dinero para pagármela ni tenía pasión por ninguna. Pero sí había algo que me gustaba y que practicaba muy a menudo. Amaba y me relajaba tantísimo dibujar en folios y en las pieles de la gente...

Pocas semanas después de terminar el instituto, curioseando, estuve echando un ojo a escuelas de tatuajes en Valencia. ¿Qué por qué seguía buscando cosas en Valencia? Pues ni yo lo sabía, así que me puse a buscar escuelas en Madrid. Por mirar opciones, más que nada. Por desgracia, todo era carísimo. Hacer las prácticas de tatuador no es muy asequible para el bolsillo, y menos para un chaval que no tenía unos buenos ingresos mensuales —como nos pasa a la mayoría de los jóvenes en España—. Y mis padres tampoco podían pagármelo.

Me estaba volviendo loco. Me encerraba en mi propio bucle todos los días diciéndome a mí mismo que tenía que salir de Valencia. No iba a pasar otro año más con la misma vida.

A todo esto, no se te estará olvidando que mantenía una relación, ¿no? Porque a mí no es que se me olvidase, pero sinceramente no pensaba en otras personas, solamente pensaba en mí, en mi felicidad y, aunque Toni me diera toda la tranquilidad y todo el amor del mundo posible, no veía que marcharme fuera un inconveniente. Al fin y al cabo, Madrid no está tan lejos de Valencia. En tres horas y media te plantas en la otra ciudad.

A todo esto, todos los amigos que había hecho por las redes sociales eran de Madrid y, claro, eso aumentaba mis ganas de marcharme. Era otro rollo.

Un día, hablando con un amigo que vivía allí desde hacía cuatro años, le dije que me quería marchar a vivir fuera, pero que no sabía cómo. Él tenía un blog de moda con el que sacaba un dinero al mes. Por aquella época, todavía no se trabajaba con los mismísimos *influencers* —odio esta palabra y la odiaré hasta el fin de mis días— y ver a alguien que ganase dinero gracias a las redes sociales y al número de seguidores que tenía era algo increíble que, poco a poco, todos desearían; hasta día de hoy, que ya es algo completamente normal. Si él podía sacarse dinero, ¿por qué yo no iba a poder teniendo el triple de *engage-*

ment que él? —*Engagement* es la palabra que se utiliza para referirse a la cantidad de seguidores activos que tiene una persona—.

Seguimos hablando varios días, pero dejamos el tema un poco apartado. Era verano y no parábamos de un sitio para otro. En julio volvimos a retomar el tema y él, por coincidencias de la vida, se había quedado sin piso en Madrid y le tocaba buscar otro en septiembre... ¡Wala! Había que tomar una decisión.

• • •

▸ ***Comptine d'un autre été, l'après-midi*** - Yann Tiersen

¿A DÓNDE VA LO QUE NO VUELVE?

Antes de nada, estoy escuchando un tema de la banda sonora de *Amélie*: *Comptine d'un autre été* —si fuera tú, la pondría en repetición porque leer este texto te llevará una canción y media—. Afirmo que es un dato importante y no solamente porque el piano hará que te traslades a otro lugar, sino porque los lugares no son los mismos para todos. Normalmente, cuando escuchamos una sinfonía así, nuestra cabeza tiende a recordar momentos no positivos o a imaginarse en lugares secos y solitarios.
Así que, si no me estoy equivocando, conseguiré junto con la sinfonía trasladarte a un lugar en el que estés solo y en el que sientas algo de frío. Puedes notar cómo se mete el frío por los huequecillos de los cordones de las zapatillas. Y a medida que piensas en lo solo que estás aquí, más notas cómo el viento no solo te mueve a ti, sino que tambalea cada uno de los objetos que tienes a tu alrededor. Si te imaginabas en un sitio como un bosque, puedes notar el sonido de cómo las hojas se van rompiendo poco a poco y se van separando del árbol.

Tampoco quiero hacer que pases tanto frío —estaremos poco tiempo aquí, te lo prometo—, así que voy a pedirte que metas la mano en el bolsillo de tu chaqueta y saques el primer recuerdo que aparezca.

Aquí ya no sé qué tipo de recuerdo ha salido, no estoy en tu lugar. Solo tú puedes recordar lo que viste aquella vez. Te voy a pedir que pares de leer. Que pienses por un rato en ese recuerdo, en ese instante.
Y ahora que has estado recordando, me gustaría contarte algo mientras sigues mirando el paisaje al que te he traído, si has conseguido concentrarte lo suficiente.

Hace un tiempo que estaba en el mismo lugar que tú y vino otra persona a hablarme también, al igual que lo estoy haciendo yo contigo. Mientras, sonaba la misma canción. Esta persona ni siquiera me habló durante un rato. Lo único que me preguntó fue: «¿A dónde van las cosas que no vuelven?».

No sé por qué nunca tuve una respuesta tan clara.
¿Qué dirías ahora mismo? ¿A dónde crees que van los recuerdos o los momentos que ya no vuelven? Me gustaría que buscaras una hoja en blanco y, sin leer lo próximo que te diré, escribas lo que te ha venido a la mente.

Ahora que ya lo has escrito, te diré lo que pensé inmediatamente: a renovarse.

Las cosas que se marchan, al igual que las hojas que has visto caer del árbol hace cinco minutos, y al igual que ese recuerdo que has sacado de tu bolsillo, marchan a renovarse. Marchan porque ya cumplieron su misión, porque ya quisieron desprenderse de ti. Y quizá eso es una de las cosas más duras que hay. Asimilar que mucho de lo que vivimos no durará por mucho tiempo. Ningún recuerdo se borra de nuestra mente, ni los buenos ni los malos. Pero sí se desprenden de ti. Y no te lo dice un psicólogo ni una persona que tenga muchos años de recorrido en la vida.
Te lo digo yo, que soy tu amigo. De la mayoría de ellos ni siquiera nos acordamos y, seguramente, moriremos sin saber si los llegamos a vivir o no. Y con esto quiero decirte que no creas que lo que has vivido se marcha y desaparece, sino que se marcha para hacer una renovación. Es tan fácil de entender como de aplicarlo a las personas.

Los recuerdos son personas y las personas somos recuerdos. Estamos construidos a base de ellos.

Las personas y todo lo que nos rodea, absolutamente todo, son una constante renovación. Un constante ciclo de nuevos recuerdos, nuevas personas y nuevos momentos. Por cierto, ya imagino que no sentirás el frío que corre en este lugar, porque estás algo concentrado y la mente es tan astuta como para hacerte olvidar que tu cuerpo estaba a diez grados.

No te entretengo mucho tiempo más. Me gustaría que hicieras algo con lo que tienes entre manos: agarrarlo con fuerzas, abrir las palmas de las manos y dejarlo volar junto con las motas que se van con el viento. Deshazte de ello, observa cómo se marcha. Ahí va un momento de tu vida, detrás de muchos que fuiste dejando volar. Dando paso a la renovación de nuevos momentos. Puedes estirarte, apoyarte con las manos en la tierra y levantarte poco a poco. Aquí ya no hace tanto frío, como puedes notar. De hecho, ya no es un lugar tan seco y si te concentras un poquito, puedes sentir cómo fluye el agua por las rocas de un río. Siempre me ha chiflado ese sonido. Ahora que ya te has levantado de aquí, feliz, sabiendo que no te estancarás y que lo que fue ya pasó, quiero que sigas caminando a donde quieras. Y que este recuerdo que acabas de vivir dure mucho, tanto en tu bolsillo como lejos.

4.

25 m² de libertad

Muchas veces, los lugares grandes se nos hacen pequeños, fríos, solitarios y, al contrario, algo tan pequeño, a veces, puede resultarnos tan acogedor como para sentirnos libres dentro de él. Eso fue exactamente lo que me pasó a mí.

Nunca he sido de esas personas a las que les cuesta tomar decisiones. Si tienes que hacer algo, hazlo, porque si lo haces y te acabas arrepintiendo, sabes que podrás tomar otro camino la próxima vez; pero, en cambio, si no te arriesgas, te preguntarás toda tu vida qué habría pasado si lo hubieras hecho. Como un amigo dice: *«Lo hacemos y ya vemos»*.

Llegó septiembre y no es que tuviera que tomar una decisión, sino que los demás tendrían que oír mi decisión. Así de claro lo tenía. Mis padres no me dirían nada, no era lo que me preocupaba. A Toni sí le sentaría como un jarro de agua fría que me marchara.

Mi madre siempre me dijo desde bien pequeño que nunca dejase de hacer mi vida por amor a otra persona, a no ser que esa persona quisiera subirse al tren conmigo. Y es cierto, no creo que sea necesario parar o estacionar tu vida ni un solo segundo por otra persona. Si te quieren, te esperarán y, si no, cariño, hay muchas personas en el mundo dispuestas a subirse contigo a ese tren.

A lo que íbamos, me marchaba para Madrid. Quería un cambio radical en mi vida, quería conocer mundo y gente nueva. Darme en toda la cara si me salía mal y aprender, qué más da. Pero quería hacerlo.

Así que llegaba la conversación con Toni, para comentarle que me marchaba de allí. Sabía que llegaba el momento de oír su opinión y sentía que mi mente estaba en mitad de una carretera con dos direcciones. Sabiendo cuál tomaría, pero con la incertidumbre de cómo se sentiría la otra persona.

Quedamos una tarde, y entre sangrías y cigarros —imagínate cómo sería la situación de extraña que yo ni fumaba ni fumo—, estuvimos hablando un rato sobre la vida.

No tardé mucho en contarle mis planes de futuro, en los cuales él no entraba mucho. Él daba las caladas al cigarro, con cara de no querer hablar. Era obvio. No es divertido que tu novio te diga que se marcha a probar suerte en otra ciudad. Tampoco estábamos acostumbrados a estar separados y ambos éramos personas que no llevarían bien mantener una relación a distancia. Fuimos a dar una vuelta y, en uno de los minutos que vi que podía meter lo de que me quería marchar, le dije que me habían animado a irme a Madrid para cambiar de aires y, de paso, ganarme la vida con lo que me gustaba.

Se quedó callado durante un rato. *«Estoy pensando, John»*, me decía. Cuando pensaba demasiado era porque su cabeza estaba dando mil vueltas y no sabía por dónde salir ni qué decir. Algo le estaba chocando sentimentalmente. Él es muy rápido para cualquier tipo de respuesta, pero cuando esa respuesta tenía que ver con sentimientos la cosa se ponía chunga dentro de esa cabeza pensante.

Me sentí como una mierda, y ni siquiera había respondido a lo que le estaba diciendo. Duele decirle adiós o hasta pronto a la persona que te está haciendo feliz.

Mentiría si te dijera que aquella tarde zanjamos el tema, y lo dejamos así de rápido.

Aquella tarde fue la más extraña de todas las tardes que pasamos. Un vacío mutuo mezclado con todos los sentimientos que experimentábamos el uno por el otro. Seguimos dando vueltas, pero ya apenas nos apetecía hablar de aquello. ¿Para qué? La situación era obvia. Teníamos la opción de marcharnos cada uno a su casa o aprovechar lo que nos quedaba. Pasamos la tarde abrazados sin decir nada, recordando internamente todo lo que habíamos vivido juntos.

Ahora sí que no podía perder el tiempo si quería aprovecharlo. Encontrar un piso no fue la tarea más fácil, de hecho, fue la más difícil. Con dieciocho años jamás había pensado que encontrar un piso en el centro de la ciudad sería tan complicado. Cuando te vas a Madrid, has de saber que el piso que te imaginas en tu cabeza jamás será así, y es que al principio deberás conformarte con lo que haya y asumir los gastos.

Duele decirle adiós o hasta pronto a la persona que te está haciendo feliz.

Las primeras semanas estuvimos durmiendo en casa de unos amigos, en 20 m^2 que, imagínate, por ponerte un ejemplo, para poder llegar a la ducha había que recoger antes todas las camas y las maletas. Si no lo hacías así, no podías ducharte.

Por suerte, a las tres semanas de estar buscando piso y asustarnos con los precios, digamos que de repente nos cayó un milagro del cielo, y en cuestión de días visitamos un quinto piso en el centro de Madrid. 25 m^2 en los que la cocina estaba guardada en un armario y que para ducharte tenías que hacer malabarismos. Para dormir disponíamos de una cama grande en la que dormíamos los dos juntos, cual matrimonio, ya que si queríamos otra cama individual seguramente tendríamos que colgarla de la ventana. Total, que aquello era como el Grand Prix, pero, oye, que vaya culito sacamos subiendo la escalera con la poca compra que podíamos cargar todos los días.

¿Te has dado cuenta de que todo lo que te he contado no ha sido negativo, aunque podría haberlo sido, y que, sin embargo, te ha parecido divertido? A esto es a lo que me refiero cuando digo que muchas veces la cosa más pequeña y más simple es la que puede hacernos más felices.

Era toda una aventura conseguir llegar a final de mes y que nos sobrasen veinte euros para ir a tomar algo por ahí. De hecho, acabó siendo toda una locura poder llegar a final de mes; créeme, pagar 500 euros entre dos para tener 10 m^2 cada uno era una jodida locura. Locura que debía ser temporal y pasar a otra si queríamos avanzar con nuestras vidas. Definitivamente, pensé que se me habían acabado las locuras, pero no sabía lo que estaba a punto de llegar.

Pasaron aproximadamente unos cuatro meses en los que vivimos en el piso de Madrid. No voy a mentirte, creo que mi llegada a Madrid al final no fue muy fructífera en el plano laboral, ya que sacábamos el dinero justo para pagar el piso y salir de fiesta de vez en cuando —por no decir todos los días—. Vamos, como el que se va a hacer un Erasmus y acaba saliendo más de fiesta que

yendo a la universidad. Pero, bueno, que mi fin de irme a Madrid, aparte de cambiar de aires, era hacer las prácticas de tatuador, cosa que no hice.

Pasaban las semanas y seguíamos haciendo lo mismo todos los días, y eso quiere decir poca cosa, cero, nada. Digamos que nos comió la monotonía y por pensar demasiado en lo que no teníamos que pensar —salir de fiesta y rascarnos los cojoncillos—, se nos fue la chota y dejamos de lado lo que fuimos a hacer a Madrid, que era trabajar y centrarnos en ello.

Recuerdo que una tarde, en la que estábamos encerrados en el piso, me puse a pensar qué haría. Tenía que ponerme a buscar trabajo en Madrid o volver a vivir a Valencia. La segunda opción no me parecía muy buena, ya que una vez que has salido del nido, volver a entrar resultaba un poco raro. Me había acostumbrado a esa independencia. A no dar explicaciones, a ir desnudo cuando te apeteciera. A masturbarte con toda la tranquilidad del mundo. A llevar mi propio horario. A todo, como y cuando quisiera. Así fueron pasando tardes y tardes. Eché currículums en varias tiendas de Fuencarral, una de las calles con más ocio y con más tiendas de todo el centro madrileño. Pues bien, una de las tardes, esperando a que me llamasen de alguna de las tiendas para saber si me habían seleccionado o no para trabajar, empezó a sonar el teléfono. Era un número oculto. ¿Quién cojones podía ser llamándome desde un número oculto?

• • •

«No vas a cambiar en la vida, y lo digo con total seguridad. Tienes una esencia muy personal que para algunos parecerá irracional e inmadura. Para mí es totalmente objetiva. Te basas en realidades, así que cuanto hagas es incuestionablemente correcto si piensas más de la cuenta. No te desanimes porque ya sabes que la impotencia no está dentro de tus planes. Sigue rigiéndote por el tópico de la vida. Fluir. Y deja que la naturaleza siga su curso».

Toni, mayo de 2018

Lo dije, lo digo y lo diré. Ojalá cada persona que entre en mi vida tenga un poquito de ti. Ojalá cada persona que pase por una relación reciba un mensaje así, después de bifurcar los caminos. Te quiero, amigo.

▸ ***Nevermind*** - Dennis Lloyd

BUEN ROLLITO...

Alberto siempre tenía el «buen rollito» en la boca. A cada frase le añadíamos esas dos palabras, y a cada situación mala que nos pasaba le quitábamos importancia diciendo «me la suda, súper buen rollito». Para nosotros siempre fue una especie de religión. Al igual que en el budismo se cree en dioses como Shiva, nosotros tenemos ese algo que nos encamina a un lugar de despreocupaciones. Le pregunté a Alberto si podía explicaros el significado un poco más ampliado y me contestó que sí, así que allá va:

El buen rollo es el estado mental de la felicidad real. Puede ser una persona, un lugar o incluso un objeto, una comida o una bebida. Creo que obtener la filosofía en la mente del buenrollismo es algo complejo porque, a día de hoy, por ciertos factores hay gente que no consigue tener buen rollo y la mente positiva.

En el momento en el que eres capaz de buscar soluciones en vez de problemas y sabes llegar a tener pensamientos positivos en vez de negativos, se puede decir que das todo el buen rollo del mundo. Hay que dejar los celos, los miedos, los complejos y evitar tener contacto con todo lo que en la mente es realmente negativo; lo único que tienes que hacer es dejarte fluir con las nuevas personas y oportunidades que se acercan y aprovechar al máximo cada segundo de tu vida.

AL MERRICK

5.
La llamada

Estuve un buen rato para descolgar el móvil. Colgaron y a los diez minutos volvieron a llamar.
Ring... ring... —segunda llamada—.
Descolgué el teléfono y al otro lado sonó la voz de una chica que no conocía de nada. Estaba seguro.

—¡Hola! ¿Jonan?
—Sí, soy yo.
—Te llamamos de un programa de TV. No podemos decirte cuál es, pero nos gustaría saber si te gustaría presentarte. Lo que sí podemos decirte es que es de supervivencia.
No estaba asimilando lo que me decía.
—Hum... sí... ¡claro! ¡Obvio! Obvio que me gustaría presentarme.
—¡De acuerdo! Te citamos pasado mañana en las oficinas. Te mando la dirección por WhatsApp.

Colgué y miré a mi amigo con cara de haber echado el mayor polvo de mi vida.

Esto no lo cuento por el hecho de salir en un programa de televisión, sino porque, en ese momento, sí que tuve un golpe de suerte. Sin esperarlo, de la nada, pensando que no llegaría nada que me diera un clic mental. Y no porque cobraría, ya que no cobré nada de aquello, pero sí fue algo por lo que me motivé a superarme y a decir: «*¡CLARO QUE PUEDO!*». Hubiese sido una noticia de un programa o que me hubieran llamado para irme a trabajar a Londres, te aseguro que me habría hecho la misma ilusión, ya que lo que necesitaba era algo que me espabilase y me hiciera dar otro cambio a mi vida.

Y así fue, mi vida estaba a punto de cambiar radicalmente.

6.
Un billete a la realidad

Aquella llamada fue lo que llevaba esperando desde hacía semanas. Un día antes del casting recibí otra llamada de la productora para decirme que tenía que presentarme con otra persona, ya que el programa iba de parejas.

Al día siguiente estaba en el lugar donde me habían citado, con Priscila, la persona que nos acogió a Alberto y a mí los primeros días que estuvimos en Madrid.

Priscila es una chica *«loca cari»*, como diría Alberto. Loca del coño de arriba abajo. ¿Y por qué? Nos sacaba diez años de experiencia y desde bien pequeña tuvo una vida muy parecida a la nuestra. Todavía más loca.

A los diecisiete años se marchó de Gran Canaria a vivir a Alicante, a los veinte se casó, a los veintiuno tuvo su primer hijo y a los veintitrés, el segundo. Se divorció años después y se marchó a Madrid a luchar por sus sueños. Por lo que quería ella, y no por lo que quería su marido para ella. Como nosotros, pero con dos hijos. Tú imagínate a Alberto y a mí con dos bombos pa arriba y pa bajo. Quita, quita.

Le encantaba salir a bailar los fines de semana, y nos lo pasábamos bien en cualquier lugar. Nos seguía perfectamente el ritmo a Alberto y a mí. A pesar de salir todos los días, se levantaba temprano para aprovechar a saco el día. Se duchaba siempre con agua congelada porque decía que era una buena manera de espabilarse y de hacer que la sangre circulase mejor. A veces nos daba consejos de madre, otras veces de hermana, y otras veces éramos nosotros los que teníamos que darle consejos a ella. Podíamos pasar de discutir a estar descojonándonos en milésimas de segundo. No sé, ha sido siempre una persona muy especial para nosotros.

«Mamá, que me han seleccionado para un programa de supervivencia.»

Total, que allí nos plantamos. Priscila con un vestido de gala rojo putón para presentarse a un casting de supervivencia. Y con taconazos, que no falten. Y yo, como si me fuera de boda. Allí teníamos dos opciones: o que nos rechazasen y nos escogieran para dar las campanadas de fin de año o que nos llevasen así a hacer una ruta de supervivencia.

Pues bien, no sé si fue gracias al rojo putón o a que intenté camelarme a los que nos hacían la entrevista, pero al final en un par de semanas nos volvieron a llamar para decirnos que habíamos sido elegidos para formar parte del programa.

Llamé corriendo a mi familia para contarles que finalmente me marchaba fuera de España un mes. No me cabía más emoción en el cuerpo. Sonaba el pitidito de la llamada a mi madre y no sabía por dónde empezar a contárselo. *«Mamá, que me han seleccionado para un programa de supervivencia»*. No vi su cara en aquel momento, pero podía imaginármela. Ella sabía lo mucho que me gustaba ese tipo de *realities* y de experiencias. Estuvimos hablando poco rato porque preferí contárselo mejor en persona, así que al día siguiente me busqué un coche compartido a Valencia y me planté allí para ver las reacciones de mis familiares y amigos. Tampoco podía decírselo a muchas personas —por obligación del programa, para que nada saliera a la luz—, ya que tenía que parecer que me había ido a hacer un viaje por mi cuenta. A los pocos que decidí contárselo, aparte de tener caras de fliparlo, lo único que me decían era:

«¿Pero tú estás loco? ¡No aguantas ni dos días!»

Aquello no me desanimó. Todos creían lo mismo, que ni Priscila ni yo aguantaríamos más de una semana intentando sobrevivir. La única que siempre me dijo que podría llegar hasta el final era mi madre, estaba muy convencida de ello y eso hacía que me sintiera mucho más seguro, confiaba en que podríamos conseguirlo. Aun así, los comentarios de que no duraríamos no me resultaron tan extraños, porque, en el fondo, yo era el primero que lo pensaba. Algunos días imaginaba que tomaba el avión y antes de empezar nos decían que ya estábamos expulsados. Y es que ya me veía rodeado de personas hiperdeportistas y con un nivel de inglés increíble.

Los días previos al viaje, en los que no sabíamos a qué parte nos dirigíamos, las horas se me hicieron eternas. No hacía nada a lo largo del día, tan solo imaginar cómo serían las próximas semanas, y a dónde nos dirigiríamos.

A tres días de irnos, volvieron a llamarnos para decirnos qué podríamos y qué no podríamos llevarnos. Entre lo que podíamos llevar entraban las cosas básicas de la higiene del día a día: cepillo de dientes, desodorante, compresas en el caso de Priscila y los medicamentos que utilizásemos habitualmente. No entraba en las reglas llevar cualquier tipo de entretenimiento como videoconsolas o juegos de mesa, como una baraja de cartas —y digo baraja de cartas porque dudo que me hubiera cabido un Monopoly—, ¡y hasta libros! Tal cual como lo oyes, libros. Estaba prohibido también cualquier tipo de contacto con los demás concursantes que fuéramos a ver en el trayecto hasta el aeropuerto y del aeropuerto hasta nuestro siguiente destino. Y, además, una hora antes de subirnos al coche que nos llevaría hasta la T2 de Madrid, llamaríamos a nuestras familias para despedirnos de ellas, hasta que volviéramos. Cero contacto con España. No éramos conscientes de lo que estábamos a punto de vivir.

Sabían perfectamente que por mucho que quisieran ocultarnos el lugar, en algún momento antes de llegar al destino nos enteraríamos. Habría que estar ciego para no ver las pantallas con los números de vuelos, y los lugares de salida y de llegada.

Ya en el aeropuerto, una vez pasado el control de seguridad, nos empezamos a encontrar a otras parejas, que al igual que a nosotros, se las veía desubicadas. No podíamos mantener contacto con ellas, ni si quiera un simple gesto de «Hola, ¿qué tal?».

Al llegar a nuestra puerta de embarque, leímos el primer destino: Doha. Obviamente, pensé que Doha sería lugar para hacer la escala, ya que es uno de los principales lugares de enlace antes de volar a algún sitio asiático. Por unos momentos creí que viajaríamos a Filipinas o a Indonesia. Mi amiga Priscila, encabezonada desde hacía semanas, decía que acabaríamos en la India. Pero ninguno de nosotros pensó en que nuestro lugar de carrera empezaría en Sri Lanka. Al principio, ni siquiera sabía dónde se encontraba. Así que imagina lo perdido que estaba.

Después de muchas horas de vuelo, de las cuatro películas que vi en el avión y de mirar la hora unas cincuenta veces, llegamos a otro clima distinto, un poco más desubicados de lo que estábamos al principio.

El viaje interminable —y eso que todavía no lo habíamos empezado bien— no acababa en las horas de avión, sino que del aeropuerto un *transfer* nos llevó durante ocho horas más hasta el lugar en el que, supuestamente, podríamos descansar. Creo que a partir de ese día soy capaz de dormirme en cualquier lugar, en cualquier momento y sin importar lo incómoda que sea la postura.

Después de aquel viaje interminable llegamos a un hotel del cual no nos dejaron salir en tres días, y ni siquiera ver la televisión. Por si fuera poco, tampoco podíamos abrir las cortinas de las ventanas, todo para que nos siguiéramos sintiendo desubicados. Mi único entretenimiento aquellos días era meterme en la ducha a masturbarme. Literal.

Que no se nos olvide que el único contacto que teníamos con el exterior era cuando cada tres horas nos alimentaban como si estuviéramos en una cárcel. Entraba un camarero a la habitación, dejaba la comida y, sin decir ni mu, se marchaba. Vaya, que ni se te ocurriera pedir una Coca-Cola.

A los tres días nos despertaron a las cinco de la mañana para empezar la carrera, y el error de ellos fue pensar que yo iba a despertarme. Ya podían traer una bola demoledora para que tirasen las paredes y yo me enterase de algo. Empezamos la carrera una hora más tarde que los demás concursantes y, sin darnos cuenta, allí estábamos, en Sri Lanka, a las seis de la mañana, recogiendo las mochilas preparados para la acción. Quien dice acción dice tardar otra hora más para peinarnos, ponernos crema solar y vestirnos. Vamos, lo típico cuando te meten prisa.

La competición empezaba y, sin ni idea de inglés, nos dirigimos al primer coche que nos encontramos nada más salir del hotel para intentar llegar a nuestro destino.

Todo fue un chapurreo continuo con los conductores de los primeros coches en los que subimos, pero ese día parecíamos dos niños de parvulario el primer día de comenzar las clases. Sin saber bien para dónde ir ni con quién juntarte. El estar ya allí nos hizo sentirnos vivos y pasaron muchos días hasta que por fin espabilamos.

No fueron pocas las veces que me pregunté cuánto me había servido lo que me habían enseñado en el colegio y en el instituto para lo que estaba viviendo allí. Quitando lo que me enseñó Teresa, y el inglés —y no vayas a pensar que mi nivel de inglés era increíble, con suerte llegaba al *«hello»*, *«¿how are you?»*, *«I need to go to...»*—, todo lo demás a la hora de buscarnos la vida no me había servido de nada. Dudaba también que en los colegios de allí —los niños que tenían la oportunidad de tener una enseñanza— estuvieran aprendiendo lo que nos enseñaron a nosotros. Desde entonces, me picó la curiosidad de saber cómo era la educación en cada sitio al que viajaba. Seguro que aprendían las cosas del día a día,

lo que les podría ser útil, así como la ganadería o cómo ganarse la vida desde cero. A nosotros siempre nos han enseñado a seguir un modo de vida: el que les interesa. Les interesa tenernos entretenidos durante años, pagar una cantidad de dinero para poder estudiar, y quizá así poder llegar a trabajar en un puesto que nos permita sobrevivir, no vivir. No nos dan clases para ser emprendedores, ni tampoco nos dan clases de lo esencial, no nos enseñan lo que necesitamos a los seres vivos, ni tampoco lo que los seres vivos necesitan de nosotros. Apenas una hora a la semana les sirve para decir que se nos ha dado una lección de ética. ¿Qué ética se nos enseña? Ojalá sepas contestarme. Porque sigo sin saberlo. De ahí la importancia de la educación que se nos enseña desde pequeños, de la única manera que tiene la Tierra de salvarse, que es educar a los pequeños para que, poco a poco, mejoren lo que tenemos.

Después de este sermón que acabo de soltar, te diré otra de las cosas que me llamaron la atención. Quizá de las que más. La primera noche en la India teníamos que encontrar una casa en la que la familia nos dejase dormir con ellos. Valía cualquier cosa, como si era un establo. Y no te vayas a creer que más adelante no pasó, que pasó.

Pero, bueno, volviendo a aquella noche, después de pasar por unas cuantas casas y que en la mayoría nos dijeran que no tenían espacio o directamente que no les apetecía tener invitados, llegamos a una en la que nos dijeron que sí. No dábamos crédito a que alguien nos abriese las puertas de su casa dejándonos no solo dormir, sino dándonos parte de su comida para que pudiéramos acostarnos con el estómago lleno.

Aquella casa fue una caja llena de sorpresas, empezando por la cantidad de terreno que tenía alrededor y lo grande que era la casa en sí. Sin embargo, dentro tenían muy pocas cosas. Para empezar, el comedor contaba con tan solo un sofá y un pequeño televisor, luego un pasillo largo daba la entrada a la cocina y a dos habitaciones. La cocina estaba llena de arañas —bien grandes— tanto en el techo como en el fregadero. Hagamos un parón. En ese momento aquello me pareció terrible. No sabía por dónde salir. Me picaba todo el cuerpo de pensar que al dormir se me podría subir una tarántula por el cuerpo. No quise ser maleducado, pero tuve que preguntar. Quizá les sentaba mal o quizá les daba absolutamente igual mi pregunta y me contestaban sin problema alguno. «¿No quitáis las arañas de aquí?», pregunté. A lo que me respondieron que por qué debían quitarlas. Las arañas no les habían hecho nada y tan solo buscaban un lugar en el que estar. Básicamente, si lo que hay no te estorba, ¿por qué debes quitarlo? Aquella filosofía me repateó tanto por dentro que hizo colisionar mis neuronas. ¿Era acaso la filosofía que quitaría el puesto a la del buen rollo o quizá debíamos meter Alberto y yo esa pequeña cláusula de «no preocuparse por lo que no molesta»? Ya no hablo de las arañas en sí. Pero párate a pensar por un momento. Aquellas personas, aparte de lo maravillosas que fueron con nosotros, eran unos cerebritos. Me sorprendió que no fueran con una escoba como locos a matarlas, y recuerdo, además, que en otra de las casas en las que dormimos los siguientes días

atrapaban a los insectos/animales pequeños en tarros, y los sacaban fuera de las casas sin matarlos. Alucinante el cambio de un lugar a otro, las costumbres y los pensamientos que tienen.

Volviendo al pasillo y a las habitaciones, estas eran oscuras y apagadas. En el centro, y cubierta con una mosquitera, había una cama en la que dormían tres personas. La otra habitación era exactamente igual, pero pertenecía a la anciana de la casa.

Al terminar el recorrido por la casa, pedimos ansiosos una ducha para refrescarnos y quitarnos todo el sudor acumulado del día. Nos daba un poco de asco ducharnos, o directamente ver lo que nos deparaba la ducha que, exactamente, era como nos imaginamos o peor. Ahora lo entenderás.

Nos dirigimos a la ducha con una toalla para los dos. Abrimos la puerta y una de las paredes del baño no estaba: era al aire libre. Bajé la mirada y pude ver una pequeña selva de animales: un sapo dando saltos, un ciempiés más grande que mi cabeza, unas cuantas polillas revoloteando y un mosquito más grande que la cabeza de Priscila. Maravilloso. Créeme que aquella ducha ha sido una de las mejores que me he podido dar en mi vida. Cómo podía notar las gotas fresqueras cayendo por todo mi cuerpo, y cómo podía llegar a ser tan guay la postura que tenía agarrando la puerta para que no se abriera —estaba prácticamente rota—, con un pie pa Bali y otro pa Francia, mientras me equilibraba en el de Bali para no pisar el suelo y volver a mancharme, y con el de Francia cual bailarín de ballet. Ese momento fue brutal.

Ahora vayamos con otra de las tantas cosas que me sorprendieron —para muy bien—: la hospitalidad con la que muchas personas te tratan allí. El budismo es una religión que tiene enseñanzas maravillosas, como la de ayudar siempre a los que lo necesitan. A no ser egoísta con los demás. A ser humanos, vaya. Por la mañana nos levantaron bien temprano, y le pregunté a la señora a qué hora se levantaban todos los días, a lo que me contestó que a la hora que salía el Sol. No utilizan alarmas para levantarse. Les basta con la luz para que sus cuerpos sepan que ya no es hora de dormir. ¿Te imaginas a nosotros levantándonos todos los días al amanecer? ¿Te imaginas la de minutos que podríamos aprovechar al día? Sería genial.

Era emocionante ser consciente de tantísimas cosas en tan poco tiempo. Mi cerebro no paraba de ver contrastes sin parar. Haciéndome ver todo lo no necesario que tenía en mi vida y diciéndome con cada situación que sonriera más y que disfrutase más de los momentos y de las personas. De que me picase siempre la curiosidad del porqué de esto y el porqué de lo otro.

El viaje siguió, la ruta siguió. Conocimos personas increíbles de España, las que luchaban por lo mismo que

nosotros, esto es, llegar hasta el final. Visitamos templos que no se irán de mi cabeza jamás. Con cúpulas que cuentan cada persona que entra y sale. Con rezos que pedían ayuda o que daban las gracias. Vimos polvos de colores que no entran dentro de la gama. Anduvimos como nunca lo habíamos hecho, y cargamos más kilos de mochila en la espalda que todas las mochilas que podía haber llevado anteriormente al colegio. Discutimos entre nosotros hasta querer separarnos, para así darnos cuenta de que el camino no sería el mismo haciéndolo solo. De ello aprendimos también que alzar el tono entre nosotros no daba pie a que la otra persona te tuviera más respeto, sino que rebajándolo y tomando aire conseguiríamos llegar a hablar con calma. Dejamos de ser escrupulosos por cosas que no necesitaban serlo. Nos dimos cuenta de lo que era echar de menos, y también de a los que echábamos de más. Comimos lo que había, sin quejarnos de lo que no podíamos tener. Comimos picante hasta la saciedad y, obviamente, acabamos con dolor de estómago. Guardé imágenes en mi cabeza que sé que nunca se marcharán de mi cuerpo.

Nuestro camino finalizó en una playa maravillosa cerca de Goa, Bagabeach. Esa playa se quedó no solamente con todo nuestro recorrido, sino con las lágrimas de felicidad que soltamos la noche de la despedida. Destrozados después de treinta días sin parar desde las seis de la mañana hasta las once de la noche, dejamos allí parte de lo que nos sobraba en nuestra mente. Todo lo negativo quedó allí. Y lo positivo nos lo comimos. Ese último día lo pasamos en una cárcel detenidos por un *hándicap* que nos añadió el programa. Para que te hagas una idea, el obstáculo se basaba en llevar durante toda la etapa un plato entero de carne, las cuales en algunas religiones no estaban permitidas. Un pueblo entero se cabreó por nuestra presencia y decidieron llamar a la policía para que nos echaran. Pillaron tal rebote que al final tuvo que escoltarnos la propia policía para que pudiéramos salir de aquel pueblo. Creí que me quedaba sin la carne del plato y sin cabeza aquel día. Pero, bueno, saqué otra conclusión, y es que las cárceles no aceptan visitas sin más, así que ya podía decir que había visitado una cárcel de la India.

• • •

Mi vida cambió radicalmente al volver a España, después de haber pasado un mes recorriendo Sri Lanka y parte del sur de la India buscando casas para dormir, compartiendo historias y conociendo a cientos de personas increíblemente maravillosas y que, con solo cruzar la mirada, te daban una bocanada de aire y de lecciones de vida por las que habían pasado. Aquello realmente fue increíble y algo que mis hijos oirán todas las noches contado como un cuento, pero sin ponerle fantasía, ya que aquello ya tenía una naturaleza fantasiosa.

Quizá da algo de miedo las primeras veces, sobre todo por el hecho de pensar que nos sentiremos solos, pero te aconsejo cien por cien que hagas algún viaje, solo, que cojas la mochila con solamente las cosas necesarias, un par de libros —si te gusta leer— y, si no, unos cascos y una buena *playlist* de música, y te marches a un lugar en el que no vaya a haber gente, que te sientas relajado, sin ruido durante unos días, que puedas pensar. Verás cómo te cambia un poco el chip y volverás con la mente lavada. Si me ofrecieran volver a vivir una experiencia como aquella, no me lo pensaría dos veces; de hecho, pienso en ello cada día.

Volví a Madrid renovado, con otra visión de todo. En aquel viaje me di cuenta de a qué personas echaba de menos y a cuáles no quería en mi vida.

A veces, es necesario evadirnos de todo el mundo durante un tiempo para comprender muchísimas cosas.

De la noche a la mañana, sin darme cuenta, y viviendo en aquella burbuja de felicidad, estaba pasando algo que no me haría nada feliz. Alguien me decía desde pequeñito que si pasaban muchas cosas buenas de golpe, algo no tan bueno estaba por venir...

• • •

7.

La vuelta que me hizo cambiar

No todas las historias tienen un final completamente feliz y creo que es hora de hablarte de la persona que cito al principio, en la dedicatoria. No quiero cambiar ni modificar lo que iba a ser la dedicatoria en un primer momento, así que allá va:

En este libro me dirijo a ti continuamente, pero a la vez me dirijo a ella, que durante todo el tiempo que estuve escribiendo, también estuvo presente, así que, ya que es mi libro y tengo la oportunidad de decirle todo lo que pienso muchos días, quiero dirigirme directamente a ella y dedicarle esto: El día que apareciste en el portal de mi casa, me quedé flipando de que alguien quisiera darme las gracias por algo. No solamente me diste las gracias, sino que me llenaste de una manera increíble. De esta manera que ya sabes o que alguna vez habrás sentido. Esa sensación que tienes de haber estado ya en otro momento con esa persona. Desde aquel día supe que seríamos buenos amigos y que viviríamos increíbles momentos juntos. Sobre todo, momentos como el de poder contarnos las cosas el uno al otro sin miedo. Tu sonrisa siempre me ha resultado familiar y tu manera de afrontar cada problema me daba ganas a mí de superar los míos. Recuerdo cuando me dijiste que te gustaba una chica y que eras muy feliz, pero que tu madre jamás lo aceptaría. Yo no volví a saber de aquel tema y nunca creí que llegarías a tomar esa decisión, pero ojalá haber estado contigo para haberte llevado conmigo. Sé que nunca

me dejaste de leer y que, por muy lejos que estés, lo sigues haciendo. Yo sigo aquí haciendo lo de siempre, porque como tú me decías: *«Si lo que haces hace feliz a una cantidad de personas, por muy pequeña que sea, lo estás haciendo bien»*. Y yo sé que estamos conectados y que sigues sonriendo como siempre. Ojalá sientas el abrazo que te estoy dando mientras me lees. Eres tú la primera persona en todo el libro que me pone los pelos de punta. Hoy parte de lo que hago es por ti, y parte de todo lo que vendrá será por ti. Te quiero, Carla, hermanita.

Y esa fue la primera dedicatoria que escribí para este libro. Como te dije antes, no todas las historias se basan en buenos momentos, de hecho, es ley de vida que te lancen obstáculos. Pero desde luego nunca llegué a pensar que podría pasar algo así.
Nada más llegar del viaje de la India, y habiendo estado desconectado durante poco más de un mes, era momento de encender el móvil y ver los mensajes que tenía acumulados, y explicar a todos los que no lo sabían por qué había estado tanto tiempo desaparecido.

Mi móvil estalló de los mensajes que me llegaron nada más encenderlo, y entre uno de esos mensajes pude leer, pasando las conversaciones, uno que traía malas noticias:

Hola, John... Imagino que no lo sabrás, pero Carla ya no está. Falleció hace dos semanas.

Sentí una puñalada en el pecho. Me quedé en *shock*. No asimilaba lo que acababa de leer. Me sentí culpable y triste por no haber podido mantener una última conversación con ella. Carla fue de las primeras personas que conocí gracias a internet, y con una de las primeras con las que me he podido sentir libre hablando de cualquier cosa. Nunca había fallecido alguien de mi entorno, y menos por el hecho de que la persona sienta tanta tristeza interna que decida quitarse la vida.

Ese día no llegué a aceptar lo que había pasado, de hecho, creo que nunca llegamos a aceptar que una persona se ha marchado para no volver. Simplemente, aprendemos de cierta manera a convivir físicamente sin ella.

Y ya sabes que siempre me he enseñado a mí mismo a sacar conclusiones menos negativas o directamente preguntarme por qué nos destroza el hecho de que las personas se vayan marchando.

Unas se marchan por el ciclo de la vida, otras por accidentes, otras por enfermedades, otras por culpa de otros, y muchas deciden irse ellas mismas. En este caso, fue así. ¿Y quiénes somos para valorar el daño que sentía otra persona? Obvio que nadie habría querido que así fuera. Pero pasó, y no hay vuelta atrás. Por eso mismo te decía antes que todo depende de cómo aprendamos a convivir físicamente sin ellas. Suena irónico.

Pero recuérdalo siempre: las personas nunca mueren, a no ser que se las olvide. Y nunca nadie te va a olvidar.

La mayoría de los que hemos sufrido o sufren lo pasamos callados sin contar nada —porque tampoco nadie vino a preguntarnos—, así que aquello me dio una lección grande, de estar siempre atento a los que te rodean, de ser consciente de que no solo estamos nosotros en nuestro mundo, sino que nuestro mundo está formado por muchas otras personas, las cuales debemos cuidar bien. Que no sufrimos en soledad y que debemos apoyarnos los unos a los otros.

• • •

Aprendí exactamente eso, que no dejamos de aprender. Que por más cosas que nos pasen, por más cosas que aprendamos, nunca dejaremos de hacerlo. Que nunca seremos mejores que nadie y que nadie se nos puede subir a la chepa, que en todo caso podremos ser mejores que ayer, pero nunca mejores que el día que está por venir. Que muchas veces somos idiotas por inercia, sin quererlo. Que nadie puede hundirte para siempre. Que las personas van y vienen, y que mientras vengan con ganas, que entren las que sean. Que quizá habrá tiempo para volver a juntarnos con ellas. O quizá no. Que quizá solo vinieron a traerte algo. Que besos hay muchos, y que las maneras de sentirlos son todas distintas. Que si queremos vivir bien, en calma, debemos tener ganas de aprender. De conformarnos y, a veces, de ser inconformistas. Que no soy yo el que te venga a decir que debes hacer esto o lo otro. Que no todo es un sí, que opciones y caminos hay para cansarte. Pero que si los vas a seguir, que sea sabiendo que puede que no los acabes. Pero también que a lo mejor puedes arrasarlos.

Si me hubieran dicho que iba a vivir en tan solo tres años todo lo que os he contado, no lo habría creído. Mi vida pegó varios vuelcos de la noche a la mañana. Vuelcos bruscos, de los cuales algunos los di con incertidumbre, sin saber qué pasaría. Pero que jamás cambiaría, porque cada uno de ellos lo tomé con ganas de cambiar el dónde, el con quién y el porqué. De estar en Valencia, siendo un pequeño polluelo en el nido, experimentando conmigo mismo, a vivir en un piso en Madrid viviendo locuras, y a tomar un avión que me llevase a la India para así darme cuenta de muchas otras cosas.

Un amigo me dijo el otro día que la esencia de las personas nunca cambia, que es de las pocas cosas que mantenemos igual. Lo cual siempre me ha hecho pensar que si empecé buscando, como diría Alberto, *«el buen rollo de la vida»*, lo seguiría buscando para multiplicarlo cada vez por un poquito más.

Por muchas otras historias más no quise dejarlo aquí, sino seguir recopilando momentos. Me fliparía que siguieras viajando conmigo.

• • •

III

Ramé

[Del balinés] Algo que es caótico y hermoso al mismo tiempo.

He decidido titular este último conjunto de historias «Ramé», ahora te cuento por qué. Como bien has leído, desde que empecé a escribir todo siguió un orden cronológico, siguiendo cada paso que daba. Sin embargo, como sabes, la vida no es una cuestión de tiempo, sino de saber congelar esos instantes. Esos momentos que nunca se olvidan, de los cuales siempre te acordarás por mucho tiempo que pase. Es curioso pensar que entre tantos recuerdos y ciclos que vivimos, nuestro cerebro selecciona solo unos cuantos de ellos para encapsularlos en el tiempo. Y eso, a su vez, es algo realmente caótico. El significado de Ramé expresa algo que es hermoso y caótico al mismo tiempo; y pudo definir a la perfección todo aquello que quise reunir en este apartado.

Y es que no es de extrañar que lo siguiente que leerás te resulte un tanto distinto, pues cuando escribí la primera y la segunda parte hice un parón para acumular nuevas vivencias. A partir de aquí, quiero contarte las que más me han marcado y las conclusiones que he sacado de cada una de ellas.

1.

Todos nos equivocamos

Nunca he hablado de las enfermedades de transmisión sexual en mis redes sociales. De hecho, siempre las consideré como algo que podría pasarle a los demás, pero no a mí. Otro pequeño error de los seres humanos: creer que las cosas pueden pasarles a todos menos a uno mismo, hasta que nos pasan.

Hace casi dos años pasé por una etapa muy jodida. Pensaba que necesitaba tener a alguien al lado para sentirme bien conmigo mismo. Sentir que alguien me quería. No era muy selectivo y me bastaba cualquier persona que pudiera llegar a sentir algo por mí y que quisiera pasar ratos conmigo. Lo peor era que esa dependencia ya no era negativa solamente para mí, sino negativa para las personas con las que tenía esos líos, pues podrían llegar a sentir algo de verdad. Así que de alguna manera pensé que tenía que suceder algo que me hiciera darme cuenta de que quizá no era lo mejor que podía estar haciendo.

Debemos tener en cuenta que las personas no siempre tomarán precauciones, y que hasta nosotros vamos a equivocarnos cuatrocientas veces aunque no queramos.

Estuve un par de meses conociendo a un chico que, por cierto, era muy mono. Nos acostábamos todos los días que nos veíamos, y escasas veces utilizábamos condón. ¡¿Qué más da?! ¿Qué podía pasar si ambos estábamos sanos? Eso es lo que pensaba mi cabeza.

Cuando estás cachondo, lo último que piensas es en tomar precauciones. El cerebro no piensa en ello. Por eso es tan importante educarlo y hacerle saber que *SÍ* es necesario. Ya no hablo de una protección tan obvia como puede ser el preservativo, sino intentar conocer o saber algo de la salud o la vida sexual que mantiene la otra persona. No sabes con quién se acostó antes. No sabes si será sincera.

Era mi turno de saber lo que es tener gonorrea: «Enfermedad de transmisión sexual que se caracteriza por la inflamación de las vías urinarias y los genitales y que produce un flujo excesivo de moco genital». Vaya, para que me entiendas, un moco blanquecino que me salía por el conducto por el que se orina cada vez que iba al baño.

No fue todo tan sencillo ni tan fácil como ha sido soltarlo aquí de golpe, es más, fue un proceso que se me hizo eterno.

Empecé notando que me escocía al mear, lo cual no me sorprendió, ya que nací con un riñón mucho más pequeño que el otro y en mí era algo habitual eso de tener infecciones si no bebía mucha agua.

Acabé yendo al médico a solicitar las pruebas de ETS porque la cosa iba a peor y ahí me di cuenta de que sería algo más grave que una simple infección. Tardaron unos cuantos días en darme los resultados y la espera se me hizo larguísima. Tampoco quise contarle a nadie lo que me estaba pasando, pues ni yo mismo lo sabía, y eso hacía que le diera más vueltas porque podría haber sido otra enfermedad mucho más grave.

En esos días de espera dejé de hablarle a mi pareja porque sabía que me había engañado y que no había sido cuidadoso con nuestra vida sexual. Que me había jodido pero bien, vaya. Viéndolo ahora, después de haberlo pasado, creo que en vez de haber dejado de hablarle le habría pedido explicaciones y hasta habría intentado ayudarlo. Si no fue fácil para mí pasar por todo aquello, tampoco tuvo que serlo para él; no solo le contagiaron una enfermedad, sino que encima él contagió a alguien más: a mí.

La médica me llamó para informarme de que tenía gonorrea y que fuera cuanto antes al hospital más cercano para que me inyectasen antibiótico. Me calmó y me confirmó que efectivamente la contraje porque mi pareja se había estado acostado con otra persona. Lloré durante un buen rato de impotencia. Necesitaba desahogarme con alguien, pero una de las cosas más difíciles que hay es saber si puedes contar con las personas que te rodean. Ser conscientes de que con una palabra pueden calmarte o hundirte más. En este caso, yo hablé con mi madre y fue ella quien le quitó importancia al asunto —sin dejar de tenerla, obviamente—. Me dijo que tuviera cuidado la próxima vez y que aprendiera de esta experiencia. Sin duda, aquellas palabras me tranquilizaron.

No culpo a nadie, y me gusta -1000 juzgar las acciones de los demás. Hay que ser listos y saber cómo acostarse con otras personas.

• • •

MUCHAS VECES QUISE DECIRTE ALGO...

Muchas veces quise decirte algo. Y la mayoría de ellas, por no decir todas, callé por no causarte más daño. Nunca he querido preocuparte más de la cuenta. Y quizá te parezca raro, pero tampoco he querido desmontarte la mierdecilla de castillo de arena, cuando tú pensabas que era una montaña del tamaño del Everest. Tampoco quería dejar que no aprendieras. Y, seguramente, aunque te suene contradictorio, también querré que aprendas. Cuando necesites ayuda no seré yo quien te imponga la verdad entre pensamiento y pensamiento. Haciéndote ver y haciéndote pensar que la convicción que estás intentando crear es algo positivo.

Ojalá pudiera hacerte ver que ya no amaneces como antes. Y que la culpa de que el día no vaya bien no es porque esté nublado. Sino que tú no estás queriendo ver lo que hay detrás.

Ojalá sintieras los besos como antes, cuando yo te hacía erizar los pelos. Ojalá mirases al mar como antes y supieras apreciar el momento

de serenidad. Ojalá escuchases esa canción bailando como lo hacías antes. Ojalá cogieras la mochila y la llevases sin saber adónde pensabas hacerla viajar, como lo hacías antes. Ojalá supieras que no son ellos, que eres tú. Ojalá no te hiciera falta convencerte de algo y pensases menos, como lo hacías antes. Ojalá te dieras cuenta de la persona que te está escribiendo esto. Ojalá te dieras cuenta de que no soy tú. Porque cuando no me das la opción de hacerte pensar libre, no puedo dar más de mí. Ojalá te dieras cuenta de que te lo digo a ti. De que tú soy yo. Y que no existo, tú eres quien me hace existir. Y si no me dejas hacer volar tu libertad, nunca volverás a hacerlo como lo hacías antes.

2.

Mudarse por amor

Volvamos a hablar de amor, que lo echo de menos, tía. Te tengo que contar esta historia, ya que empezamos esto hablando de mis relaciones, tanto de amor como por el simple morbo de probar.

Esta historia es un tanto distinta y creo que es la historia con la que he aprendido no solo a querer sin ser egoísta, sino a entender que las otras personas también sienten. Y que debemos entender que las cabezas de los demás no son las nuestras.

Después de todo aquel «drama» con la ETS, y de liarme con tíos, los cuales no me atraían más que por el simple morbo de liarme con personas que no conocía, de las que creía estar enamorado hasta las trancas y lo único que estaba era agobiado a las dos horas de estar con ellos, llegó alguien que vino destinado a cambiar mi mentalidad y a mejorar muchos aspectos de mi vida.

De camino a Barcelona, el mes de marzo de 2017 conocí a Christian, el que a día de hoy es mi compañero de vida.

Quedamos por Instagram, por mensaje directo. Cuando vio que yo me dirigía a Barcelona, me respondió por mensaje con una indirecta para vernos. Y no tardé ni dos segundos en mandarle una directa para vernos la tarde siguiente, conocernos y tomar algo. Si te digo la verdad, yo había perdido las ganas tanto de follar por follar como de conocer a alguien para tomar unas cervezas y que, al acabar la tarde, cada uno se fuera a su casa como si nada.

Estuve a punto de retirar la directa y pasar de quedar porque pensaba que para qué perder el tiempo con más tíos. Aun así, había algo dentro de mí que me decía que debía seguir conociendo gente si quería compartir con otra persona las cosas que vivía.

Siempre he querido compartir todo lo que vivo con alguien. Me gusta estar solo, y soy tan independiente que me he planteado muchas veces si algunas personas directamente no estamos hechas para estar con otras. Por lo menos eso pensaba antes, pero, cómo no, tocaba aprendizaje y cambio de pensamientos. Así que allá vamos con el cambio. Sigamos.

Iba a la cita un poco nervioso, con algo de ilusión, haciéndome a la idea de que podría ser distinta a las demás citas que había tenido, imaginando que la otra persona no estaría cortada o que me contaría cosas que me llamaran la atención.

Es muy importante tener historias que contar, y no solo eso, sino estar informado sobre temas para poder hablar de cualquier cosa.

Al ver a Christian no sentí un flechazo, pero sentí una paz brutal. Me pareció un chico muy interesante con el que poder hablar sin aburrirme. Y así fue. Nos tiramos toda la tarde hablando sin parar, y ni siquiera había una tensión sexual increíble. Era como estar hablando con alguien que ya conocía de antes. Esa sensación es guay: sentir que estás hablando con una persona que parece que ya había estado anteriormente en tu vida, pero no sabes cuándo.

Todo fluía y era emocionante saber que estaba recuperando las ganas de volver a compartir mi vida con alguien.

Seguimos quedando varias tardes, e intentaba viajar siempre a Barcelona para vernos. Me enseñó la ciudad de arriba abajo, así como los sitios más mágicos. Como los Búnkers del Carmel—un espectacular mirador sobre unos antiguos búnkeres de la guerra civil—, donde nos dimos el primer beso, con toda la ciudad iluminada a nuestros pies, como si los edificios

estuvieran ardiendo. Nos besamos con todas las ganas que llevábamos acumuladas y desde que lo hicimos, conectamos más todavía. Cuando he quedado con gente, la mayoría de las veces no me ha gustado cómo nos besábamos, y es porque no con todos se conecta de una manera mental. Y sin algo mental de por medio, no todo se hace con las mismas ganas. Tiene que haber ese algo que envuelve a dos personas. Y así fue como acabé mudándome a Barcelona por amor.

• • •

A MÍ NO ME GUSTARÍA QUERERTE DE OTRA MANERA...

A mí no me gustaría quererte de otra manera que no fuera esta. Quiero quererte así. De todas las maneras que podríamos elegir querernos, lo elegimos así. No hay obligaciones, ni problemas. Yo quiero mirarte y decirte que te follo con ganas. Y que a la vez me digas que te gustaría follarte a otra persona con ganas. Con distintas ganas a las que me follarías a mí. No es raro quererlo. Yo quiero decirte lo mismo. Porque ¿quién no piensa en los demás? Yo quiero que seas libre. Que el día que quieras algo, lo hagas. Que la confianza que tenemos no se vaya. Que ambos sabemos que follar es guay, pero que follarnos con sentimiento es todavía mejor. Que si un día no me quieres ver, me lo digas. Que hay días que yo tampoco quiero hacerlo. Que no soy tu novio. Ni le quiero poner etiquetas a lo que somos. Ninguno lo sabemos. Nos compenetramos y eso es lo importante.

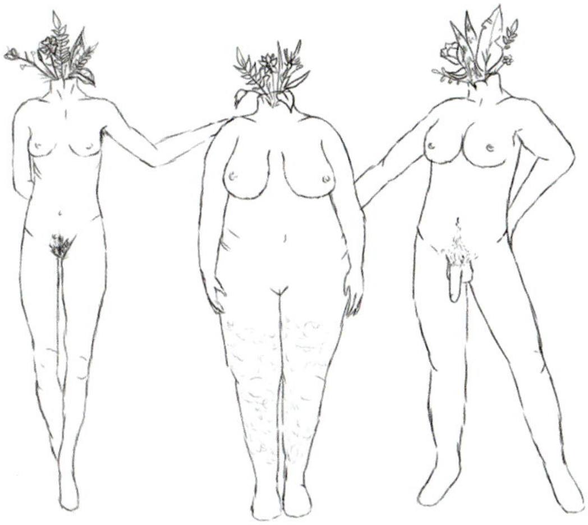

Que no hay más que pensar cuando dos personas tienen la confianza de decirse que se quieren y que al día siguiente están hasta las narices. No quiero que te sientas atado a mí, quiero que seas libre, y a poder ser, conmigo.

El día que me vaya o te vayas, si es que nos vamos, por lo menos te irás sabiendo que nunca tuviste la obligación de estar y que esa fue la mejor manera que tuvimos de querer estar.

3. Viaje a Bali

Viaje a Bali. Una tarde de tantas...

—Hay veces que no entiendo la vida.
—¿Por qué?
—No sé, tío, yo pienso de una manera muy fácil. Muy simple.
—Te entiendo tanto. Diferente para cada uno.
—Muchas veces nos buscamos complicaciones.
—Mira, cuando estuvimos en Tailandia, la gente nos trataba como reyes, pero al final, estos días no echaba nada de menos vivir así y nunca querré ser así. Yo prefiero estar donde estoy viviendo, como locos, a lo loco, conociendo gente nueva, durmiendo cada día en una cama. Yo que sé.
—A mí me llama mucho más la atención la vida de la cocinera o de la que está limpiando las habitaciones, porque me gustaría saber los sueños que tienen. En qué sueñan cada noche y qué es lo que les mantiene esas sonrisas.
—Prefiero tener menos cosas y vivir más experiencias. La gente ve vuestros Instagram y dirán «¡guau!, ¡qué barbaridad!, los lugares donde duermen». Pero la gente no sabe realmente dónde nos gastamos el dinero. Dónde estamos durmiendo. Nos da igual una sábana que un suelo. No nos importa.

—Si necesitas dinero y lo tienes, bien, pero si no lo tienes, el que se acabará jodiendo serás tú. Yo no tengo dinero y ya ves... No me preocupa. Nunca lo necesitaré.

Me tomé la libertad de escribir mientras teníamos una de aquellas conversaciones que tanto repetíamos por las tardes, cuando veíamos situaciones que nos hacían pensar que no queríamos ciertas cosas que teníamos anteriormente en nuestras vidas.

No se necesita algo grande para ser feliz ya que tú marcas tu felicidad según tus necesidades.

TODO FLUYE...

Escribo esto mientras miro por la ventana del avión, embobado como un niño de cuatro años cuando le das un chupachups por primera vez. Amiga, ojalá pudieras observar el paisaje que contemplo ahora mismo o, más bien, sentir la tranquilidad que siente ahora mi cuerpo a pesar de lo inquietas que veo las alas del avión. ¿Alguna vez has escuchado eso de «después de la tormenta siempre llega la calma»? Sea sí o sea no, me gustaría que pensaras una situación en la que le podrías haber empleado esa frase.

No te haces una idea de cómo se ve todo desde aquí arriba, amiga, y es que el color de esa llama del mechero podría fundirse entre el color del cielo que tengo enfrente. Parece que no vayamos a salir vivos de aquí, como si nos dirigiéramos al

comienzo de otra etapa, pasando por el final de esta. No es que me acojone pensarlo, sino que me da tranquilidad pensar que puede que haya algo que te avive y que te calme a la vez. Da igual cuándo veas esto que mis ojos ven —o que quizás mi cabeza esté imaginando—, pero lo verás. A lo mejor no ha llegado el caos del agua, ni el del cielo rojizo que se va ennegreciendo a medida que pasan más y más nubes. Pero es guay pensar que llegará y que después pasará y empezará algo nuevo. Todo fluye con el agua, todo se limpia, se purifica. Lo mismo pasa con las situaciones y las personas.

▶ ***Never Let You Go*** - Kygo

Una carta desde Bali

6 de abril de 2018

Escribo esto con el boli que acabo de pedir en el lugar de inmigración aquí en Bali. Rápido y corriendo porque quiero dejar marcado este día de mi vida para siempre, y no solamente contártelo a ti, sino también poder releerlo las veces que hagan falta.

Llevo 2 meses en Bali. Vine porque sabía que el viaje iba a marcar un antes y un después en mí. Me abriría ciertas puertas que nunca antes había visto. Dejé mi piso de Barcelona y me deshice de todas las pertenencias que tenía. De absolutamente todas, no exagero. Hoy salí de casa pensando en cuántos momentos guais había vivido a lo largo del viaje. Pero no sabía que me ocurriría esto. Sentado en la silla de inmigración esperando mi turno, me he encontrado a una chica. Tenía apariencia nómada, con rastas, ojos azules, pantalones bombachos y apenas llevaba pertenencias encima. Me quedé algo extrañado al verla. Nunca suelo fijarme en la apariencia de los demás porque pocas veces me sorprenden. Shena, que así se llamaba, llevaba las piernas sin depilar. Creo que me ha enamorado desde ese mismo instante. Al verla, he sabido que tendría una mentalidad sana y vacía de prejuicios... Hace un tiempo vi una película de una familia de nómadas. Más felices que nadie en el planeta. Te recomiendo verla: Captain Fantastic. Esta familia nunca había ido a la escuela, de hecho, las clases las daba el padre todas las mañanas, y seguidamente tenían entrenamiento. Se alimentaban de lo que cazaban, sin pesticidas ni mierdas. Pues bueno, admiré aquella película y siempre quise encontrar a alguien así. No sabía que sería en ese instante. Desde el primer segundo en que me vio, nada más ser atendida, vino a sentarse a mi lado sonriendo de oreja a oreja.

—¡Hey!, ¿qué tal? ¿Cuánto tiempo llevas esperando? —Todo esto en inglés, y lo recalco porque no soy muy bueno para los idiomas.

Le dije que ya llevaba un buen rato esperando y automáticamente mi mente comenzó a preguntarle, sin pausa, pero sin agobiarla, de dónde venía y qué hacía en Bali.
Pues bien, le habían puesto problemas con el formulario del visado porque al preguntarle en qué dirección se hospedaba no supo qué decir. Me quedé flipando.

—¿No dijiste nada?
—Pues no. No tengo casa aquí, o sea, que no tengo hostal. Llevo viajando mucho tiempo y esta es mi casa —dijo, enseñándome las fotos de donde estaba durmiendo y algunas de las cosas que llevaba con ella en el viaje.

¡Te puedes imaginar mi cara de sorpresa! Hay muy pocas personas así en el mundo. De hecho, creo que su mentalidad es mágica. Viajan felices, sin necesidades, sin saber dónde dormirán o qué comerán. Acumulando recuerdos e información. Me dijo que empezó sola, pero que había hecho amigos en todos los sitios en los que había ido parando.

Brutal. Al llamarla de nuevo del mostrador para volver a preguntarle la dirección, puso la playa donde iba a dormir esa noche. Una playa de Jimbaran, al sur de Bali.

Ojalá tuviera fotos, pero ni se me pasó por la cabeza pedirle que me las pasara.

Nunca sabemos qué historia nos vamos a encontrar cada vez que nos levantamos ni sabemos cómo seremos dentro de un tiempo. Pero definitivamente, estamos hechos de historias. No tengas miedo de viajar sin saber idiomas. Aprende de las personas que encuentras. Quédate con lo que realmente importa del mensaje. Si consigues abrir tu mentalidad a todas las cosas —y entenderlas—, sabrás que los que critican son los que no conocen.

Quién sabe. A lo mejor algún día hago como ella. Haciendo pie, tocando toda la Tierra que tenemos.

—Have a great time!
—Of course.

Y con la misma sonrisa que llegó, se fue.

4.

Un *check* en mi lista de deseos

Preparé la maleta y me dirigí a Los Ángeles para hacer una campaña con una marca de perfumes. El viaje consistía en pasar tres días viviendo la experiencia de visitar aquello de una manera un poco más especial. Me pareció una buena oportunidad alargar el viaje y retrasar el billete de regreso. Desde hace años tenía en la cabeza visitar el parque nacional de Yosemite, que se encuentra a unas nueve horas de Los Ángeles. Había visto documentales de escalada en este lugar, y la calma y la paz que se respiraba allí desde que los primeros *hippies* escaladores hicieron de aquello su casa me flipaba. No sabía cómo iba a poder llegar hasta allí, y menos viajando solo. Por lo tanto, me tocaba buscar acompañante para el viaje. Una persona que ya estuviera allí y que tuviera las mismas ganas que yo de tirarse horas y horas recorriendo carreteras sin pausa para conseguir visitar todos los *spots* posibles en tres noches y cuatro días.

Así que me puse manos a la obra y busqué entre mis seguidores de Instagram a personas que estuvieran de viaje en Estados Unidos las mismas fechas que yo. Y a los cinco minutos recibí una respuesta: una chica marchaba para allá con unos amigos. Yo no pensé mucho en preguntarle más cosas sobre ella, sus amigos o respecto al viaje, porque si ya es difícil encontrar a alguien que le dé igual hacer planes locos, imagina dar con cuatro personas que quieran dormir las horas justas y no saber si llegarán al sitio deseado en horas y horas.

Al final resultó que sus amigos no querían hacer la misma ruta que ella y yo en tan poco tiempo, así que nos fuimos los dos solos.

Ella se llama Laura, y su respuesta fue clara: «Vámonos juntos y hagamos una locura. Me apunto a lo que sea». Flipé con que en cinco minutos hubiera conocido a una persona, que terminaría siendo una amiga, y con la cual me tiraría durmiendo días seguidos sin ni siquiera habernos visto antes.

La jugada podía salir bien y llevarnos de lujo, o no compenetrar y, directamente, ni tener tema de conversación. Tocaba comprobarlo el día en que nos conociéramos.

Quedamos para vernos justo cuando terminé mi recorrido con la marca de perfumes y fuimos a tomar algo para hablar de la ruta que haríamos. No era muy difícil elegir tres de los sitios más conocidos de Estados Unidos: Yosemite, siguiendo por Las Vegas y acabando en el Gran Cañón. Podríamos haber organizado el viaje con algo de antelación, pero ambos somos un tanto desordenados e improvisados. Hasta el punto de que el primer día nos plantamos en el sitio más cercano de alquiler de coches, sin saber si tendrían alguno disponible y si se nos dispararía demasiado el precio. Pero sí, justo les quedaba un coche y, por suerte, el más *random* y barato de todos. Para ser exactos, unos 120 dólares por persona. A todo esto, le tocaba a ella tomar las riendas de la carretera porque yo no tengo carné de conducir. Salimos al mediodía con el «mapas» del iPhone dirección Yosemite para llegar a ver el atardecer desde allí.

Así que compramos unas cuantas cosas para comer dentro del coche y no tener que hacer muchas paradas. Para nuestra suerte, por si eran pocas las horas que teníamos que hacer de carretera, topamos con un atasco de hora y media. Aun así, los primeros momentos juntos fueron como si Laura y yo nos conociéramos de toda la vida, y la emoción que teníamos en el cuerpo de saber que haríamos la ruta con la que soñábamos desde hacía años no nos hizo callarnos en ningún momento. Sabíamos que íbamos a ganar en experiencias, y yo, que estaba ganando una amiga.

Por cierto, no teníamos ni idea de dónde íbamos a dormir en el parque y confiábamos en que al llegar conseguiríamos una habitación de motel a buen precio. Pero para arrebatarnos nuestra flor en el culo, al llegar al primer hostal de carretera que vimos a pocos kilómetros del lugar, nos informaron de que todo estaba *overbooking*, que era fiesta nacional y que todo estaba reservado desde hacía meses. Pues parecía que lo de improvisar no era tan guay. Dando vueltas y vueltas llegamos a una casa rural que tenía una de las habitaciones libres, aunque no por un precio asequible. Total, que la única opción que teníamos era gastarnos 90 dólares cada uno para dormir en una casa con mucho más espacio del que

necesitábamos —si hubiéramos sido más personas la jugada nos habría salido de maravilla—. Pagar aquel precio nos resultó un tanto doloroso, pero las dos personas que vivían en esa casa rural —la cual abrieron hace años—, nos alegraron la mañana siguiente con su buena energía. Se nota cuando la gente se alegra de que visites sus tierras.

Seguimos rumbo al parque, que estaba a una hora, y otra sorpresa más: la cola de entrada fue de unas tres horas, más o menos. Estaba repleto de familias y aquello parecía Andorra en Navidad. Jamás habíamos pensado que podía haber tantísima gente en un mismo lugar. A pesar de aquel imprevisto, conseguimos aparcar el coche y dar una vuelta por allí. La verdad es que no fue como me imaginé respecto a la vida natural, ya que estaba explotadísimo por culpa del Estado, pero hice un *check* en mi lista de deseos, al igual que Laura, y nos quedaremos con la imagen de las vistas que pudimos tener frente a nosotros.

Siempre querré volver allí a acampar una semana y descubrir todos los sitios de los documentales de escalada que había visto y que guardaba en mi mente.

En este caso, no teníamos mucho tiempo para disfrutar los *checks*, y había que seguir en la carretera dirección Las Vegas si queríamos que nos diera tiempo a visitar lo demás.

Evidentemente, tampoco sabíamos dónde íbamos a dormir la noche siguiente, pero teníamos en mente parar en un motel de carretera. De camino subimos a una pareja que estaba haciendo autostop; nos contaron que viajaban de esta manera muchas veces y que solían hacerlo una vez al mes para conocer a más gente y como reto personal. Nos flipó ver cómo dos personas que tenían la vida ya hecha y que podían conducir perfectamente su propio coche, escogieran esta técnica para viajar y conocer gente alrededor del país. Curioso.

Conseguimos dormir en Bakersfield, a ocho horas de distancia de Las Vegas por 40 dólares entre los dos. Y la verdad es que el alojamiento era una maravilla para descansar y reponer fuerzas con la cena. A la mañana siguiente, rumbo a Las Vegas, volvimos a poner las mismas canciones que los días anteriores, y seguimos dándolo todo en nuestro karaoke personal. Era brutal cantar con esas carreteras interminables y esas vistas desérticas. Mano a mano. Riéndonos y parando a repostar cada tres horas.

Nada podía ir mal si seguíamos con ese positivismo en el cuerpo.

Llegando a Las Vegas, se podía notar cómo el calor iba aumentando y casi se olían los casinos a kilómetros. Uno de los *checks* de ese trayecto era emborracharnos y entrar en un casino. Al más puro estilo de *Resacón en Las Vegas*. Reservamos una habitación en un hotel a veinte minutos del centro y

mientras flipábamos con los edificios y la decoración de la ciudad, fuimos a comprar algunas cervezas y licores.

Aquello es brutal, todo lleno de luces y colores, obviamente todo muy artificial. Sabíamos perfectamente que donde íbamos no iba a ser un lugar tranquilo, sino todo lo contrario.

Nos apetecía mucho tomarnos una noche de locura acostándonos tarde y visitando un poco la ciudad. Hicimos otro *check*, aparte del *check out* del hotel a la mañana siguiente rumbo a nuestro último y esperadísimo *spot*: el Gran Cañón.

Siempre había visto fotografías de este sitio de mis amigos y conocidos, y justo dos semanas antes había visto un documental de Netflix —el cual te recomiendo, pues me animó a mí a hacer ese viaje— que se llama *Happiness Expedition*. Trata sobre una pareja que se construye su propia casa móvil dentro de un autobús de colegio americano.

No te cuento más y te dejo con las ganas para que vayas a verlo y te inspire tanto como a mí.

Aquel casi penúltimo tramo de carretera Las Vegas-Gran Cañón se nos hizo casi eterno, y eso que todavía no sabíamos lo que nos esperaba al día siguiente. Nos equivocamos de ruta varias veces y paramos a repostar y a comer otras cuantas.

Sabíamos que las horas de trayecto merecerían la pena, pero no pensábamos que nos querríamos quedar a vivir en ese lugar unos cuantos meses. Si alguien me hubiera dicho que seguiríamos cantando con las mismas ganas que al principio, sin rendirnos por el agotamiento, no me lo habría creído.

Llegamos después de unas siete horas, justo durante el atardecer; las vistas que había desde los miradores eran increíbles: una inmensidad de kilómetros vacíos, un color precioso, anaranjado por la luz del Sol...

Te sentías enano.

Fuimos a una de las rocas salientes del mirador para no tener gente a nuestro alrededor y poder apreciar dónde estábamos. Lo grande que es el mundo y lo pequeños que somos nosotros. La capacidad que tiene la Tierra donde vivimos y lo poco que saben apreciarla muchas personas. Nunca olvidaré ese momento en el que mientras el Sol se marchaba, la luz iba cambiando y la luna salía a nuestras espaldas, con un brillo y una luz que nunca antes había visto. Parecía que estábamos en un cuento, pero no: todo era real y podíamos disfrutar de ello.

Nos tocaba volver, eso sí, la aventura no podía acabar esa noche. Fuimos a dormir a un motel conocido de la Ruta 66 —conocido por las valoraciones que vi en internet—. Parecía acogedor y sus luces de neón en el cartel de bienvenida te hacían sentir todo un motero de la famosa carretera.

Fuimos a una gasolinera cercana y nos pusimos dos sombreros para cenar y creernos *cowboys*.

A la mañana siguiente teníamos que salir con bastantes horas de antelación para conseguir llegar a tiempo al aeropuerto. Laura se marchaba a San Francisco para reencontrarse con sus amigos y yo volvía a España.

Pues bien, nada más desayunar, me dejé las llaves dentro del coche y a las siete de la mañana no había muchos mecánicos abiertos, así que fuimos a preguntar a la primera tienda que vimos en la carretera para ver si sabían de alguien que pudiera abrirnos el coche y tuvimos suerte de que conocían a un mecánico que estaba a unos cuantos kilómetros.

Lo llamamos y nos cobró 70 dólares, pero por lo menos nos salvó, a pesar de haber perdido una hora.

Continuamos nuestro viaje, hasta llegar a un tramo en el que el mapa señalaba dos caminos distintos. Tomamos el que menos tiempo nos podría llevar, sin saber que sí, era un poco más corto que el anterior, pero que a lo largo de todo el trayecto no había conexión alguna con vida humana, ni gasolineras ni casas. Nada. Un camino que cruzaba el desierto de Arizona, en el que si no llevabas agua y te quedabas tirado, podías morir de una insolación debido a las altas temperaturas.

Efectivamente, nosotros no llevábamos agua y, por si fuera poco, Laura no se dio cuenta de que no teníamos gasolina y a los pocos minutos de estar en esa carretera entramos en reserva. Con las ventanillas subidas y sin aire acondicionado para no gastar combustible, intentamos avanzar todos los kilómetros que pudimos sin frenar hasta por lo menos la autovía más cercana, donde pasaban coches.

Sudamos como nunca, y el coche aguantó muchas más millas de las que nos esperábamos. Vimos casas abandonadas y gasolineras de película de apocalipsis zombi. La carretera ardía y cada vez teníamos más sed. Aun así, confiábamos en que llegaríamos a la gasolinera más cercana, pero no fue así. El coche nos dejó tirados cerca de una autovía y haciendo autostop conseguimos que dos hawaianas acercasen a Laura a por gasolina y la trajeran de vuelta. Nos ayudaron mucho; pudimos llenar el depósito de gasolina y, finalmente, llegar a tiempo al aeropuerto.

Laura se fue antes que yo. Me quedé solo sabiendo que ella estaría pensando lo mismo que yo. Ambos llegamos sin conocernos y sin conocer Estados Unidos. Sin saber que todo lo que estaba por llegar y todo lo que viviríamos serían historias para recordar siempre. Me llevé una amiga, y una de las mayores experiencias de mi vida en tiempo récord.

Así que es genial saber que, de camino a un sitio, nunca sabes lo que realmente sucederá. Nunca salgas de casa pensando que será un día cualquiera porque, cuando menos te lo esperes, todo cambiará.

• • •

Sempiterno

(Que durará para siempre, que no tendrá fin.)

No voy a decirte que no siento una mezcla de pena y alegría de haber llegado hasta aquí. Se me vienen mil recuerdos a la cabeza y pasan a una velocidad increíble, pero, sin embargo, puedo contemplarlo todo con calma. Es confuso y bonito. Puedo sentirme flotando en un espacio lleno de naturaleza. Como cuando aquella vez te dije que te trasladases a un lugar frío y cálido a la vez, ¿recuerdas? Aquí, ahora, alguien toca el piano de fondo y puedo sentir cómo me mira desde lejos. Noto la energía que desprende y por milésimas de segundo consigo ver la sonrisa que lanza al viento. Es ella, lo noto. Es Carla. Sigue tocando mientas los rayos de luz entran en sus teclas y su pelo rubio brilla como nunca. Cierro los ojos una vez más y dejo de escribir para disfrutar de la sinfonía. Ciérralos conmigo e imagínate en este lugar.

Al escribir esto no pude evitar que se me cayeran unas cuantas lágrimas. Dejé de escribir durante un rato y seguí imaginando como tantas otras veces.

Qué guay que hayamos llegado hasta aquí, porque nunca habría imaginado hacer este camino de la mano de tantas personas. Se me ponen los pelos de punta de pensar que no eres la única persona que está leyendo esto en este mismo instante y que, si pudiéramos conectarnos entre todos y mirarnos desde arriba, veríamos caminos de luces en los que hay gente comenzando la primera página, personas que están metidas en ese instituto, u otras que están visitando aquellos 25 m^2 de libertad.

Y así con todo, porque no importa cuándo, dónde ni con quién empieces el camino. Cada persona se mueve a un ritmo distinto y en un lugar distinto al de los demás.

Abro paréntesis: si quieres ponerte en mi piel y sentir exactamente lo mismo que yo, busca *And We Danced,* de Macklemore (feat. Ziggy Stardust), dale al *play* y sigue leyendo.

Confía, disfruta y atrapa cada momento. No olvides que solo tenemos una oportunidad para vivir la vida.

Por último, te diré que no toda historia con principio tiene un fin.

Y que ahora te toca seguirla a ti.

Agradecimientos

Gracias, gracias y gracias. Por acompañarme, por mimarme y cuidarme. Por disfrutarme y, ojalá, por dejarte emocionar. Por haberme hecho pensar desde el principio, por hacerme recordar y por enseñarme a imaginar todavía más. Por dejarme volar en espacios de sinfonías, y por viajar sin necesidad de levantarme. Infinitas gracias a la vida por juntarme con vosotros —los lectores, mis amigos— y con todas las personas que han formado parte de estos recuerdos y momentos. Porque siempre habéis sido parte del camino y lo seguiremos haciendo juntos, y porque, sin saberlo, me ayudasteis muchísimo en innumerables situaciones. A todas las personas que han formado parte del proyecto y que han estado ahí día tras día. A Sara, mi compi de libro, por las conversaciones de horas adentrándose en mi vida y ayudándome a ponerlo todo en orden. A mi compañero de vida Christian, por la increíble maquetación del libro. Porque para que fuera algo especial tenía que hacerlo una persona especial. A Claudia y Leticia, por entusiasmarse cuando les conté mi idea para plasmarla en papel. A Cristina, por ayudarme a darle vida a todos mis proyectos. Y a mi familia, por poner sus ganas y entusiasmo en saber todo lo que hago.

Y a mí, porque fui el primero en empujarme a conseguir lo que me propusiera.

Autoría y © del texto

Jonathan Beltrán Wiergo, 2018

Edición y corrección

Sara Díaz Mata

© del diseño editorial

Christian Tomás Martín

© de las iustraciones interiores

Débora Aguiar Silva

Diseño de cubierta

Planeta Arte & Diseño

© de las ilustraciones de cubierta

Elena Pancorbo

© de las fotografías

JONATHAN BELTRÁN (págs. 24, 34, 50-51, 87, 90, 98-99, 140, 154, 158), CHRISTIAN TOMÁS (págs. 26-27, 30, 38-39, 48, 66, 69, 96, 111, 116, 118-119, 144, 146-147, 161), RUBÉN MARTÍN (págs. 29, 84), LEWIS BEARDS (págs. 42, 45, 58, 61, 74, 76-77, 102, 105, 106, 108-109, 113, 121, 128, 130-131, 166-167), LAURA FERNÁNDEZ (págs. 100, 156, 157, 160, 162, 163, 164), MARCELLA LAINE (págs. 136, 139).

Av. Diagonal, 662-664, 08034 Barcelona (España)
Libros Cúpula es marca registrada por Editorial Planeta, S. A.
www.planetadelibros.com
Primera edición: octubre de 2018
ISBN: 978-84-480-2496-3
Depósito legal: B. 17.454-2018
Impresión: Macrolibros
Impreso en España – *Printed in Spain*

El papel utilizado para la impresión de este libro es cien por cien libre de cloro y está calificado como papel ecológico.